小説
魔界の主役は我々だ！

①悪魔学校のシャオロン

津田沼篤／原作・挿絵
SAKAE＆するば／カバー絵
吉岡みつる／文
津田沼篤・西 修・○○の主役は我々だ!／監修

POPLAR
KIMINOVEL

Special comments

津田沼篤《つだぬまあつし》　原作《げんさく》・挿絵《さしえ》・監修《かんしゅう》

魔《ま》主《しゅ》役《やく》小説《しょうせつ》化《か》おめでとうございます！

我々師団《われわれバトラ》ならきっと文字《もじ》の上《うえ》でも大暴《おおあば》れしてくれるだろうと期《き》待《たい》しています！

ちなみに私《わたし》は生粋《きっすい》の関東人《かんとうじん》なもので、連載初期《れんさいしょき》の頃《ころ》は関西弁《かんさいべん》のセリフを書《か》くのにえらい苦労《くろう》したのですが（コネシマさんにいっぱい添削《てんさく》してもらいました）、吉岡先生《よしおかせんせい》はいかがだったでしょうか。

今度《こんど》ぜひ執筆時《しっぴつじ》のこだわりポイントなどお伺《うかが》いしたいですね！

西修《にしおさむ》　監修《かんしゅう》

祝《しゅく》！魔《ま》主《しゅ》役《やく》小説《しょうせつ》化《か》！

なんといってもテンポのよい会話《かいわ》が魅力《みりょく》の魔主役《ましゅやく》！彼《かれ》らの会話《かいわ》を小説《しょうせつ》で読《よ》めるのはうれしいです！

我々師団《われわれバトラ》のみんな個性《こせい》増《ま》し増《ま》しですので、文字《もじ》の上《うえ》でも強《つよ》そうですね。

個人的《こじんてき》には大先生《だいせんせい》のリアル顔《がお》を小説《しょうせつ》でどう表現《ひょうげん》するのか楽《たの》しみです！

天

第1話 悪《あく》魔《ま》学《がっ》校《こう》のシャオロン

今日《きょう》は、**悪魔学校《バビルス》**の入学式《にゅうがくしき》。

今年《ことし》も、血《ち》に飢《う》えた新入生悪魔《しんにゅうせいあくま》たちが、あばれまわりたくてうずうずしながら、この学《がっ》校《こう》の門《もん》をくぐる。

血気《けっき》さかんな生徒《せいと》たちによって、すでに、校門《こうもん》のまわりではトラブル続出《ぞくしゅつ》……！

「**オラァ！　壊《こわ》せ壊《こわ》せ！**」

「**ギャハハハハ！**」

目立《めだ》ちたくて、校舎《こうしゃ》の一部《いちぶ》を破壊《はかい》しているやつ。

目《め》が合《あ》ったらバトル！　でケンカをはじめるやつ。

まわりの生徒《せいと》をムダに威嚇《いかく》しているやつ……。

そんな、ならず者《もの》たちの前《まえ》にさっそうとあらわれたのは、ひとりの女子生徒《じょしせいと》だ。

女子生徒《じょしせいと》は、燃《も》えるような赤髪《あかがみ》をなびかせると——。
またたく間《ま》に、あばれる生徒《せいと》たちを残《のこ》らず取《と》りおさえた。
そして、不良生徒《ふりょうせいと》を足《あし》で踏《ふ》みつけながら告《つ》げる。

「なげかわしい。悪魔《あくま》がくだらん悪行《あくぎょう》をするな。さわぐなら——もっと静《しず》かにさわげ」

彼女《かのじょ》の背後《はいご》には、おそろいの黒服《くろふく》に身《み》をつつんだ悪魔《あくま》たちがひかえている。
危険《きけん》と隣《とな》りあわせの学校生活《がっこうせいかつ》も、彼《かれ》らがいれば安心《あんしん》だ。
無法者《むほうもの》を統率《とうそつ》し、学園《がくえん》の秩序《ちつじょ》をたもつ彼《かれ》らこそ——。
高潔《こうけつ》にして冷血《れいけつ》。
悪魔《あくま》のエリート。
悪魔学校生徒会《バビルスせいとかい》である！
「スゲー！　あれがアメリ会長《かいちょう》か……！」

生徒会であるッ
ドドン

悪魔《あくま》が
下《くだ》らん悪行《あくぎょう》をするな
騒《さわ》ぐなら……
もっと
静《しず》かに騒《さわ》げ
ざわ
ざわ
…これから
語《かた》られるのは
強《つよ》く気高《けだか》く美《うつく》しい
生徒会長《せいとかいちょう》アメリの
活躍《かつやく》――
あれが
アメリ会長《かいちょう》か
スゲー!!
まさに
悪魔《あくま》の中《なか》の悪魔《あくま》
って感《かん》じだぜ…!
ざわ
ざわ
ざわ…

「まさに、悪魔《あくま》の中《なか》の悪魔《あくま》って感《かん》じだぜ……！」
新入生《しんにゅうせい》たちの熱《あつ》い視線《しせん》を集《あつ》めるのは、もちろん、先《さき》ほどの女子生徒《じょしせいと》だ。
悪魔学校《バビルス》生徒会長《せいとかいちょう》、**アザゼル・アメリ**である。
新入生《しんにゅうせい》の間《あいだ》でも、すでにアメリのウワサは広《ひろ》まっていた。
これから語《かた》られるのは、強《つよ》く気高《けだか》く美《うつく》しい生徒会長《せいとかいちょう》・アメリの活躍《かつやく》――……。
ではない。

「**……カッコええええええええええ!!**」

……アメリを取《と》りかこむ野次馬《やじうま》の中《なか》で、ひときわ目《め》を輝《かがや》かせている少年《しょうねん》がいる。
今年《ことし》、悪魔学校《バビルス》に入学《にゅうがく》した1年生《ねんせい》、**トイフェル・シャオロン**だ。
赤《あか》と白《しろ》のボーダーT《ティー》シャツに、黄色《きいろ》のオーバーオール。
トレードマークのオレンジ色《いろ》のニット帽《ぼう》には、悪魔《あくま》モチーフのバッジがついている。
シャオロンは、目《め》の前《まえ》でくりひろげられた生徒会《せいとかい》の活躍《かつやく》に、大興奮《だいこうふん》だ。

コネシマ　監修《かんしゅう》

小説《しょうせつ》『魔界《まかい》の主役《しゅやく》は我々《われわれ》だ！』を手《て》に取《と》っていただいてありがとうございます！

本書《ほんしょ》を手《て》に取《と》っていただいたということは、魔界世界《まかいせかい》の拡張《かくちょう》にワクワクされているのではないでしょうか。

あ、名《な》乗《の》り忘《わす》れてました。祈祷師《きとうし》のコネシマです。

いつも西先生《にしせんせい》、篤先生《あつしせんせい》、編集《へんしゅう》の西山《にしやま》さんのご健康《けんこう》をお祈《いの》りしているのですが、これからは魔界世界《まかいせかい》の拡張《かくちょう》に貢献《こうけん》してくださる吉岡《よしおか》みつる先生《せんせい》のご健康《けんこう》もお祈《いの》りせねばなりませんね！

この祈祷師《きとうし》、一所懸命皆《いっしょけんめいみな》さんのご健康《けんこう》をお祈《いの》りしながら８時間《じかん》くらい寝《ね》ていきたいと思《おも》いますのでよろしくお願《ねが》いいたします。

さて、そんなすばらしい魔主役《ましゅやく》の小説《しょうせつ》ですが、小説《しょうせつ》ゆえのよさが出《で》ていると思《おも》います。

自分《じぶん》の中《なか》で画《え》を想像《そうぞう》しながら読《よ》めるのが小説《しょうせつ》のよさですから、皆《みな》さんもそのよさを体感《たいかん》いただけたらなと思《おも》います！

ぜひ柔軟《じゅうなん》な想像力《そうぞうりょく》を働《はたら》かせて魔界世界《まかいせかい》の拡張《かくちょう》をお楽《たの》しみください！

主《おも》な登場《とうじょう》人物《じんぶつ》

今日《きょう》から俺《おれ》が、悪魔学校《バビルス》の主《しゅ》役《やく》になったるんや！

とにかく目立《めだ》ってちやほや
されたい、野心家《やしんか》の悪魔《あくま》。
人気者《にんきもの》の特待生《とくたいせい》・入間《いるま》を
ライバル視《し》している。
たまに調子《ちょうし》に乗《の》ってしまう
こともあるが、野心《やしん》のためなら
命《いのち》がけになれるアツい一面《いちめん》を持《も》つ。

トイフェル・シャオロン
Shaoron

数々《かずかず》の女子悪魔《じょしあくま》をトリコにする、
プレイボーイな悪魔《あくま》。通称《つうしょう》「大先生《だいせんせい》」。
欲望《よくぼう》に忠実《ちゅうじつ》な性格《せいかく》で、シャオロンとは
悪魔学校《バビルス》入学前《にゅうがくまえ》からの仲《なか》。

レイラー・ウツ
Utu

魔獣《まじゅう》のような見《み》た目《め》の悪魔《あくま》。大食《おおぐ》い。
同級生《どうきゅうせい》だが、頼《たよ》りになる。

シュヴァイン・トントン
Tonton

常《つね》に爆弾《ばくだん》を持《も》っている
超凶悪《ちょうきょうあく》な悪魔《あくま》。ついた異名《いみょう》は
「這い寄る脅威《カオス・クリーパー》」。
ボンベ・ゾム
Zom
我々師団《われわれバトラ》
の上級生《じょうきゅうせい》
家系能力《かけいのうりょく》
疑心暗鬼《ぎしんあんき》
混沌《こんとん》と破壊《はかい》をこよなく愛《あい》す、
悪魔学校《バビルス》の上級生《じょうきゅうせい》。
我々師団《われわれバトラ》の団長《だんちょう》。
グルッペン・フューラー
Gruppen
毒舌家《どくぜつか》の悪魔《あくま》。
極度《きょくど》のめんどくさがり。
隙《すき》があれば寝《ね》ている。
イロニー・ショッピ
Shoppi
「詐欺師《さぎし》」の異名《いみょう》を持《も》つ、
うさんくささ満点《まんてん》の悪魔《あくま》。
ガオナア・チーノ
Cino

目次《もくじ》

Makai no Shuyaku ha Warewareda

悪魔《あくま》たちが住《す》まう場所《ばしょ》――魔界《まかい》。

魔界《まかい》の学校《がっこう》――**悪魔学校《あくまがっこう》バビルス**には、さまざまな個性《こせい》の悪魔《あくま》たちが集《つど》う。

その卒業生《そつぎょうせい》の中《なか》には、魔界《まかい》を統《す》べる〝**魔王《まおう》**〟すらもいる。

そして、今日《きょう》もまたひとり、**新《あら》たな悪魔《あくま》の入学生《にゅうがくせい》**が――。

「ついに来《き》たぜ……バビルス！」

オレンジ色《いろ》のニット帽《ぼう》の少年《しょうねん》は、そびえたつ校舎《こうしゃ》を見上《みあ》げ、ぐっとこぶしに力《ちから》をこめた。

「今日《きょう》から俺《おれ》が、この悪魔学校《バビルス》の――主役《しゅやく》になったるんや!!」

――に憧《あこが》れる
ひとりの悪魔《あくま》の
物語《ものがたり》である！
…カッッコ
えええええええええ!!
これや！
この人《ひと》こそ
俺《おれ》が思《おも》い
描《えが》いていた…
理想《りそう》の
悪魔像《あくまぞう》や…!!
ざわ
入学式
トイフェル・
シャオロン
新《しん》1年生《ねんせい》
ざわ
ざわ…

「これや！　この人《ひと》こそ、俺《おれ》が思《おも》いえがいていた……**理想《りそう》の悪魔像《あくまぞう》や!!**」

この瞬間《しゅんかん》から、「アメリ会長《かいちょう》」はシャオロンの目標《もくひょう》になった。

これから語《かた》られるのは——生徒会長《せいとかいちょう》アメリにあこがれる、**ひとりの悪魔《シャオロン》の物語《ものがたり》である！**

（はぁ～……悪魔学校《バビルス》生徒会《せいとかい》！　ほんまカッコよかったなぁ！）

入学式《にゅうがくしき》のあいだも、シャオロンは生徒会《せいとかい》のことで頭《あたま》がいっぱい。

舞台上《ぶたいじょう》では、今《いま》まさに〝特待生《とくたいせい》〟の**イルマ**が禁忌口頭呪文《きんきこうとうじゅもん》（**読《よ》みまちがえると死《し》ぬヤバい呪文《じゅもん》！**）を詠唱《えいしょう》しているのだが……（※くわしくは、『魔入《まい》りました！入間《いるま》くん』シリーズを読《よ》んでね！）。

会場内《かいじょうない》がざわついているのにも気《き》がつかず、シャオロンの脳内《のうない》では、〝生徒会《せいとかい》に入《はい》ったイケイケな自分《じぶん》〟の妄想《もうそう》が止《と》まらない。

ぽわんぽわんぽわ～ん……。


――ねえ、見《み》て！

――あそこにいるの……生徒会長《せいとかいちょう》のアメリ様《さま》と、副会長《ふくかいちょう》のシャオロン様《さま》よ！

――ステキ……！

廊下《ろうか》を歩《ある》くだけで、みんなに注目《ちゅうもく》されて。

――頼《たよ》りにしてるぞ、シャオロン。

なーんて、アメリ会長《かいちょう》にも一目置《いちもくお》かれたりなんかして。

「おまかせください！」

会長《かいちょう》の右腕《みぎうで》として超《ちょう》すげー活躍《かつやく》して、そのうち俺《おれ》が生徒会長《せいとかいちょう》に――。


「……ロン……シャオロンくん!!」

ベシッ!!

「**いだ―――っ!!**」

思《おも》いきり頬《ほお》をひっぱたかれて、シャオロンは現実《げんじつ》に引《ひ》きもどされた。

「なにすんねん、今《いま》いいとこやったのに!!」

「えっ、なにが？　あの……もう、入学式終《にゅうがくしきお》わったよ？」

同《おな》じ新入生《しんにゅうせい》のひとりが、あきれ顔《がお》でこちらを見《み》ている。

「えっ…………ええぇ!!　**ウソォ!?**」

「ええ……なにも聞《き》いてなかったの？　入学式《にゅうがくしき》、めちゃくちゃ盛《も》りあがってたのに……」

あわててあたりを見《み》まわすと、みんな、もう会場《かいじょう》を出《で》ていくところだった。

シャオロンは、一切知《いっさいし》らないのだ。

イルマが禁忌口頭呪文《きんきこうとうじゅもん》を見事《みごと》カンペキに読《よ》みあげ、会場《かいじょう》が拍手喝采《はくしゅかっさい》だったことを……。

「具合悪《ぐあいわる》いなら、医務室《いむしつ》でも行《い》ったら？」

「いや、ちゃうねん。ちょっと、今後《こんご》のこと考《かんが》えとっただけや」

シャオロンは、わざとらしく神妙《しんみょう》な顔《かお》をする。

「今後《こんご》？」

「おう！　さっそく決《き》めたんや！」

そして、高々《たかだか》と宣言《せんげん》する。

「俺《おれ》がこの学園《がくえん》でしたいことは……生徒会《せいとかい》に入《はい》って!!　アメリ会長《かいちょう》と肩《かた》を並《なら》べる人気者《にんきもの》になることやーーッ!!」

「あ〜、うるさいうるさい」

すると、それをさえぎるように、ひとりの男子生徒《だんしせいと》が近《ちか》づいてきた。

「やかましいぞ、シャオロン。こんな公衆《こうしゅう》の面前《めんぜん》で大声《おおごえ》をあげるなんて……非常識《ひじょうしき》だと思《おも》わないのか?」

「げっ。その声《こえ》は……大先生《だいせんせい》!」

あらわれたのは、同《おな》じ1年生《ねんせい》の**レイラー・ウツ**。

通称《つうしょう》、**大先生《だいせんせい》**。

この大《おお》げさな呼《よ》び名《な》の由来《ゆらい》は、いつか説明《せつめい》するとして。

大先生《だいせんせい》は、長《なが》い前髪《まえがみ》で片目《かため》をかくした、メガネの〝**インキュバス**〟だ。

〝インキュバス〟とは、異性《いせい》を誘惑《ゆうわく》する術《じゅつ》を得意《とくい》とする種族《しゅぞく》の名前《なまえ》だ。

そんな大先生《だいせんせい》も、もちろん無類《むるい》の女好《おんなず》き。

今《いま》も、タバコ風《ふう》に心悪《ここあ》シガレットをくわえ、かたわらには美人《びじん》の女子悪魔《じょしあくま》を連《つ》れている
という、およそ新入生《しんにゅうせい》らしからぬ風紀《ふうき》の乱《みだ》れ方《かた》で登場《とうじょう》した。

「……って、非常識《ひじょうしき》はどっちやねん！　入学早々《にゅうがくそうそう》、女《おんな》はべらして‼」

「え？　なにがおかしい？　悪魔《あくま》は**欲望《よくぼう》に忠実《ちゅうじつ》で当然《とうぜん》**だろ？」

涼《すず》しい顔《かお》で言《い》って、大先生《だいせんせい》はガールフレンドの肩《かた》を抱《だ》く。

白昼堂々《はくちゅうどうどう》、いちゃこらいちゃこら。見《み》てるこっちが暑苦《あつくる》しい。

「それより、聞《き》いたぞおまえ……。僕《ぼく》を差《さ》しおいて、生徒会《せいとかい》に入《はい》ろうとしてるらしいな？」

じっとりした目《め》で、大先生《だいせんせい》がシャオロンをにらむ。

「は？　どういう意味《いみ》や、差《さ》しおいてって……」

（**まさか、こいつも副会長《ふくかいちょう》の座《ざ》をねらって……⁉**）

大先生《だいせんせい》は、くわっと目《め》を見開《みひら》くと。

大先生《だいせんせい》！
非常識《ひじょうしき》だと思《おも》わないのか？
どーーん
……って非常識《ひじょうしき》はどっちやねん！
入学早々《にゅうがくそうそう》女《おんな》はべらして…!!
え？何《なに》がおかしい？
悪魔《あくま》は欲望《よくぼう》に忠実《ちゅうじつ》で当然《とうぜん》だろ？
イチャ
コラ
レイラー・ウツ
(通称《つうしょう》・大先生《だいせんせい》)
新《しん》1年生《ねんせい》の淫魔《インキュバス》
スッ…
それより聞《き》いたぞお前《まえ》…
僕《ぼく》を差《さ》し置《お》いて生徒会《せいとかい》に入《はい》ろうとしてるらしいな？
!?

「ゆるさんぞ、シャオロン……！　生徒会《せいとかい》に入《はい》り、うるわしのアメリ会長《かいちょう》をガールフレンドにするのは、**この僕《ぼく》だ!!**」

…………。

トンチンカンな言《い》いがかりをつけられ、シャオロンはぽかんと口《くち》をあける。

「……は？　いや、ちょっと……なんの話《はなし》？」

「彼女《かのじょ》には、僕《ぼく》のような優秀《ゆうしゅう》な悪魔《あくま》がふさわしいんだ。ぬけがけしようったって、そうはいかないぞ」

大先生《だいせんせい》は、「いいか！」とシャオロンに指《ゆび》をつきつけ、とびきりのゲス顔《がお》で宣言《せんげん》した。

「**この学園《がくえん》の美《うつく》しい女性《じょせい》は、全員《ぜんいん》、僕《ぼく》のものなんだからな！**」

……みなさん、おわかりいただけただろうか。

このレイラー・ウツという悪魔《あくま》、とんでもない**クズ男《おとこ》**なのだ。

「おまえは帰《かえ》って、ゲームの中《なか》の女子《じょし》とでもしゃべってろ！　**ハハハハハ!!**」

高笑《たかわら》いする大先生《だいせんせい》の背後《はいご》……さっきまでラブラブだった女子悪魔《じょしあくま》が、おそろしい笑《え》みを浮《う》かべて巨大《きょだい》なハンマーを取《と》りだした――。

ドガッ!!

他《ほか》の女子《じょし》に目移《めうつ》りした罰《ばつ》として、大先生《だいせんせい》は廊《ろう》下《か》にめりこみましたとさ。

「欲望《よくぼう》に忠実《ちゅうじつ》にもほどがあるやろ……」

おしりをつきだしたマヌケなかっこうで伸《の》びている大先生《だいせんせい》を、シャオロンはあきれ顔《がお》で見下《みお》ろす。

「ったく……アホに絡《から》まれて時間《じかん》ムダにしてもーた。はよ、生徒会《せいとかい》に入《はい》るための計画練《けいかくね》らんとな」

「ちょっ……まってシャオちゃん!! 助《たす》けてってよ……ねえ!!」

めりこんだまま放置《ほうち》された大先生《アホ》の悲鳴《ひめい》が、廊下《ろうか》に響《ひび》きわたったのだった。

……だが、ふたりは、気《き》がつかなかった。

その様子《ようす》を物陰《ものかげ》からのぞき見《み》る、**あやしい大男《おおおとこ》**がいることに――。

「……実績《じっせき》づくり？」

廊下《ろうか》のめりこみから復活《ふっかつ》した大先生《だいせんせい》は、シャオロンの後《うし》ろを歩《ある》きながらたずねる。

「おう。俺《おれ》らが生徒会《せいとかい》にふさわしい人材《じんざい》ってことを、証明《しょうめい》するためのな」

さわがしい渡《わた》り廊下《ろうか》をズンズン進《すす》みながら、シャオロンがうなずく。

「同級生《どうきゅうせい》にはすでに何人《なんにん》もヤベェやつおるし。首席《しゅせき》と特待生《とくたいせい》なんか、さっそく殺《ころ》しあってるし……」

中庭《なかにわ》では、**特待生《とくたいせい》イルマ**と**首席《しゅせき》アスモデウス**の決闘《けっとう》が行《おこな》われていた。

どうやら、代表《だいひょう》スピーチの座《ざ》をうばわれたアスモデウスが、公開処刑《こうかいしょけい》を決《き》めたらしい。

すでに渡《わた》り廊下《ろうか》は、見物《けんぶつ》の生徒《せいと》たちでごった返《がえ》している。

見《み》れば、アスモデウスの放《はな》つ豪速《ごうそく》の火球《かきゅう》を、イルマは見事《みごと》によけている。なかなかいい勝負《しょうぶ》になっているようだ。

「俺《おれ》らも、もっと存在《そんざい》をアピールせな！」

「いや……直接《ちょくせつ》、会長《かいちょう》に『入《い》れてくれ』って頼《たの》めばよくないか？　なんでわざわざ、そんな回《まわ》りくどい……」

「……まずは、俺《おれ》が学園《がくえん》のトラブルを華麗《かれい》に解決《かいけつ》！」

大先生《だいせんせい》の言葉《ことば》など、シャオロンは聞《き》く耳《みみ》も持《も》たない。

またしても、シャオロンの妄想劇場《もうそうげきじょう》はじまりはじまり。

ぽわんぽわんぽわんぽわ〜ん。

――キャー！　シャオ様《さま》〜！

――カッコイイ〜！

不良生徒《ふりょうせいと》を一網打尽《いちもうだじん》にした俺《おれ》の評判《ひょうばん》は、うなぎのぼり。

そのうち、俺《おれ》の功績《こうせき》が生徒会《せいとかい》にも伝《つた》わって……。

――シャオロン、おまえのような悪魔《あくま》を求《もと》めていた……！

って、アメリ会長《かいちょう》が直々《じきじき》に、俺《おれ》を生徒会《せいとかい》にスカウトに来《く》るんや！

「光栄《こうえい》です……！」

俺《おれ》は、キメ顔《がお》でアメリ会長《かいちょう》の手《て》をにぎって――。


「あぁ、ダメだ。妄想《もうそう》タイムはじまった……」

ニマニマ笑《わら》っているシャオロンに、大先生《だいせんせい》は肩《かた》をすくめる。

「つーか、学園《がくえん》のトラブルを解決《かいけつ》って……。おまえそれ、生徒会《せいとかい》の仕事《しごと》うばってんじゃねーか。スカウトどころか、逆《ぎゃく》に怒《おこ》られ――」


「ナメてんじゃねーぞ、コラァ!!」

そのとき、廊下《ろうか》の先《さき》から怒号《どごう》が響《ひび》いた。

「なんだ……!?」

声《こえ》のほうを見《み》てみれば、ムッキムキで強面《こわもて》の生徒《せいと》ふたりが、いかにも気弱《きよわ》そうな生徒《せいと》をおどしている。

「オラ、とっとと金出《かねだ》せやコラァ！」

「ヒィ……！　い、い、今《いま》は持《も》ちあわせが……」

これは……どこからどうみても、**カツアゲの現場《げんば》！**

「言《い》ってるそばから、さっそくトラブルや！　おーし……!!」

「まてまてまて落《お》ちつけシャオロン！　行《い》ったらアカン！」

今《いま》にも飛《と》びだしそうなシャオロンの腕《うで》を、大先生《だいせんせい》があわててつかむ。

「相手《あいて》をよく見《み》ろ！　あんなムキムキの暴漢《ぼうかん》に僕《ぼく》らが勝《か》てるわけないだろ！　ここは、おとなしく生徒会《せいとかい》に通報《つうほう》するべきだ！」

不良《ふりょう》のひとりは制服《せいふく》の袖《そで》を自《みずか》ら引《ひ》きちぎり、たくましい腕《うで》をあらわにしている。

あんなのに殴《なぐ》られたら、ひとたまりもない。

「運《うん》がよければ、アメリ会長《かいちょう》ともお近《ちか》づきになれるかもしれないし……。そうだ、それがいい！」

名案《めいあん》だとばかり、うなずく大先生《だいせんせい》。

「だからな、シャオロン！　絶《ぜっ》ッッッ対《たい》に行《い》ったらアカンぞ!!」

そんな忠告《ちゅうこく》、もうシャオロンの耳《みみ》には届《とど》かなかった。

半泣《はんな》きの生徒《せいと》をかばうようにして、シャオロンは不良《ふりょう》たちの前《まえ》に立《た》ちはだかる。

「なにやっとんねんチンピラども――ッ!!」

「シャオロ――――ン!!」

大先生《だいせんせい》から絶望《ぜつぼう》の悲鳴《ひめい》があがる。

「だれかあのバカを止《と》めてーーッ!!」

ちゃっかり安全《あんぜん》な柱《はしら》のカゲにかくれながら、大先生《だいせんせい》はオロオロ。

「アァン？　なんだ、こいつ。おまえも俺《おれ》たちの財布《さいふ》になってくれんのかァ？」

ニタニタ笑《わら》いながら、不良《ふりょう》たちはシャオロンに矛先《ほこさき》をむける。

「……よっぽど金《かね》がほしいみたいやな。ま、それも当然《とうぜん》か……」

シャオロンは、牙《きば》を見《み》せて笑《わら》う。

「これからたんまり必要《ひつよう》になるもんなァ……自分《じぶん》らの葬式代《そうしきだい》と墓代《はかだい》がな……!!」

そのするどい眼光《がんこう》に、不良《ふりょう》たちはたじろいだ。

大先生《だいせんせい》も、思《おも》わず息《いき》をのむ。

（シャオロン……おまえ……!!）

次《つぎ》の瞬間《しゅんかん》──。

シャオロンはキレた不良《ふりょう》に胸《むな》ぐらをつかまれ、空中《くうちゅう》で足《あし》をバタバタさせていた。

「あっ、なんや！　悪魔《ヒト》が啖呵《たんか》切《き》ってるときに！　反則《はんそく》やで、ハンソク!!」


おまえ……**全然《ぜんぜん》カッコついてへんぞ!!**


大先生《だいせんせい》は、残念《ざんねん》な気持《きも》ちになりながらシャオロンを見守《みまも》った。

「あああの……ボクのことはいいですから……!!」

カツアゲにあっていた生徒《せいと》は、すっかり青《あお》ざめている。

「おう、心配《しんぱい》すんな！」

けれど、シャオロンの瞳《ひとみ》は、しっかりと不良《ふりょう》たちを見《み》すえていた。

「生徒会入《せいとかいはい》ったら、こんな連中死《れんちゅうし》ぬほど相手《あいて》せなあかんねん。ビビっとる場合《ばあい》ちゃうやろ！　なあ、大先生《だいせんせい》……！」

その言葉《ことば》に、大先生《だいせんせい》はハッとした。

絶体絶命《ぜったいぜつめい》の状況《じょうきょう》でも、臆《おく》せず立《た》ちむかうシャオロンに、まいったように笑《わら》う。

（……やれやれ、まったく……おまえには敵《かな》わないな……!!）

大先生《だいせんせい》は柱《はしら》のカゲから姿《すがた》をあらわすと。

「じゃっ！　僕《ぼく》、このあとマキちゃんと待《ま》ちあわせの約束《やくそく》あるから♡　あとはがんばって
ね、シャオちゃん♡」

身《み》をひるがえし、にくたらしいほどさわやかな笑顔《えがお》で走《はし》り去《さ》った。

あンの薄情者《はくじょうもの》ォ――――!!

ゴッ！

「**ぶべらッ！**」

見捨《みす》てられたシャオロンの顔《かお》に、強烈《きょうれつ》なパンチがめりこむ。

「……で？　だれの墓代《はかだい》が必要《ひつよう》だって？」

バキッ、ボキッ。

牙《きば》をむきだしにした不良《ふりょう》たちが、指《ゆび》の関節《かんせつ》を鳴《な》らす。

「…………えー……ボクのみたいですね☆」

ぺろっと舌《した》を出《だ》して、かわいくウィンク。

てへっ☆　調子《ちょうし》に乗《の》りました。ゴメンナサイ☆

「……って、だれが許《ゆる》すかゴラァ！」

「**ぎゃああああああ!!**　今《いま》のはジョーク！　デビルジョーク!!

顔《かお》はあかんて、顔《かお》はあああ!!」

……シャオロンの断末魔《だんまつま》の叫《さけ》びを背後《はいご》に聞《き》きながら、大先生《だいせんせい》は
涙《なみだ》をぬぐう。

「ああ……あわれなシャオロン。明日《あした》になったら、骨《ほね》ぐらいは拾《ひろ》ってや……ブッ!!」

廊下《ろうか》の曲《ま》がり角《かど》。前《まえ》から歩《ある》いてきた人物《じんぶつ》に、真正面《ましょうめん》からぶつかった。

「あだだだ……オイ、どこ見《み》て歩《ある》いて――**えっ?**」

大先生《だいせんせい》の言葉《ことば》は、そこで途切《とぎ》れた。

その姿《すがた》を見《み》た瞬間《しゅんかん》――本能的《ほんのうてき》な恐怖《きょうふ》で足《あし》がすくんだ。

「**クククク……**」

地《ち》の底《そこ》から響《ひび》くような重低音《バリトンボイス》で、その人影《ひとかげ》が笑《わら》う。

「**――暴力《ぼうりょく》。搾取《さくしゅ》。破壊《はかい》。混沌《こんとん》。……すばらしい!!　これこそが、魔界《まかい》のあるべき姿《すがた》だ**」

あらわれたのは、廊下《ろうか》の天井《てんじょう》に届《とど》きそうなほどの大男《おおおとこ》だ。

ギラリと光《ひか》るメガネ。太《ふと》く立派《りっぱ》なツノ。かぎ爪《づめ》のようにとがった尾《お》。

そしてなにより、体中《からだじゅう》からあふれ出《で》る、まがまがしい魔力《まりょく》。

まるで、この空間《くうかん》そのものをのみこみそうなほどの圧《あつ》に、不良《ふりょう》たちは息《いき》をのむ。

「**……!?**」

シャオロンも、一瞬《いっしゅん》にしてその男《おとこ》に目《め》をうばわれた。

……俺《おれ》は、今《いま》まで。

欲望《よくぼう》に忠実《ちゅうじつ》な大先生《だいせんせい》や、気高《けだか》くて強《つよ》いアメリ会長《かいちょう》みたいな。

何人《なんにん》もの、「悪魔《あくま》らしい」悪魔《あくま》と出会《であ》ってきた。
だけど――!!

これほど、「悪魔《あくま》」の名《な》を冠《かん》するにふさわしい男《おとこ》を見《み》たことがない――!!

「さあ! もっと見《み》せてくれたまえ。血《ち》と……肉《にく》と!! 絶望《ぜつぼう》が渦巻《うずま》く戦場《せんじょう》を!!」

大男《おおおとこ》は、舞台《ショー》の開幕《かいまく》を告《つ》げるように叫《さけ》んだ。
不良《ふりょう》たちに加勢《かせい》もしなければ、シャオロンを助《たす》ける様子《ようす》もない。
大男《おおおとこ》は、この状況《じょうきょう》すべてを愉《たの》しんでいるように見《み》えた。

「なっ、なんだコイツのこの魔力《まりょく》は……!?」

「まさかこいつ……生徒会《せいとかい》か!?」

シャオロンはドキッとする。

（えっ……？　**生徒会《せいとかい》……!?**）

「やべぇ！　逃《に》げるぞ！」

「勝《か》てるわけねぇ、こんなやつ……！」

不良《ふりょう》たちは勝《か》ち目《め》がないとわかると、転《ころ》げるように逃《に》げだす。

「おや？　おもしろいものが見《み》られると思《おも》ってきたのだが……。これは失礼《しつれい》！　水《みず》を差《さ》してしまったようだ」

大男《おおおとこ》は、逃《に》げだす不良《ふりょう》の姿《すがた》すら、おもしろがっているようだ。

「ここはひとつ……お詫《わ》びと言《い》ってはなんだが、君《きみ》たちのありあまる闘争本能《とうそうほんのう》を……解放《かいほう》してあげよう」

大男《おおおとこ》の両手《りょうて》から、黒《くろ》い霧《きり》が漏《も》れだす。

さあ同志《どうし》よ。内《あら》ゲバれ。
本能《ほんのう》のおもむくままに――!!

次《つぎ》の瞬間《しゅんかん》、男《おとこ》の体中《からだじゅう》から、邪悪《じゃあく》な霧《きり》が噴《ふ》きだした。
霧《きり》は、逃《に》げる不良《ふりょう》たちを容赦《ようしゃ》なくつつみこむ。

「あ……ア……!?」

ビキビキッ。

不良《ふりょう》たちの血管《けっかん》が浮《う》きだし、黒目《くろめ》がぐるんと回転《かいてん》すると――。
「てめえ！　今《いま》、俺《おれ》のこと押《お》しのけやがっただろ、コラ！　自分《じぶん》だけ助《たす》かろうとしやがって……！」
「アァン!?　テメーこそ、自分《じぶん》だけ真《ま》っ先《さき》に逃《に》げだそうとしたじゃねーか!?」
なにかにとりつかれたように、不良《ふりょう》たちはケンカをはじめた。

バキッ！　ドガッ！

さっきまで、いっしょにシャオロンをいたぶっていた不良《ふりょう》たちが、今度《こんど》は仲間同士《なかまどうし》で殴《なぐ》る、蹴《け》る……。

「本性《ほんしょう》あらわしやがって！　この裏切《うらぎ》り者《もの》が!!」

「俺《おれ》は前《まえ》からテメーが気《き》にくわなかったんだ!!」

突然《とつぜん》争《あらそ》いはじめた不良《ふりょう》たちに、シャオロンはあぜんとした。

「クックック……我《わ》が家系能力《かけいのうりょく》『**疑心暗鬼**《ぎしんあんき》』——やはり、悪魔《あくま》はこうでなくては……!!」

大男《おおおとこ》は、うれしくてしょうがないらしく、満足《まんぞく》そうに笑《わら》う。

「**家系能力**《かけいのうりょく》」とは、悪魔《あくま》たちが生《う》まれ持《も》つ、家系特有《かけいとくゆう》の能力《のうりょく》のことだ。

授業《じゅぎょう》で習《なら》う一般的《いっぱんてき》な魔術《まじゅつ》とはちがい、その家《いえ》に生《う》まれた悪魔《あくま》にしか使《つか》うことができない。

「**ハハハ……ハハハハハ!!**」

正体不明《しょうたいふめい》の大男《おおおとこ》の高笑《たかわら》いが響《ひび》く。指一本《ゆびいっぽん》ふれずに、不良《ふりょう》たちを自滅《じめつ》に追《お》いこんでしまった。

（すげえ……!!　これが……生徒会《せいとかい》の実力《じつりょく》……!!）

ぞくぞくと、シャオロンの体《からだ》がふるえる。

おそろしい……という気持《きも》ちは、もう、「カッコいい」にぬりかえられてしまった。

……そこに、ふらりと大先生《だいせんせい》がもどってきた。

「おっ……大先生《だいせんせい》！　み、見《み》とったか今《いま》の！　やっぱり、生徒会《せいとかい》は最強《さいきょう》の組織《そしき》なんや。アメリ会長以外《かいちょういがい》にも、こんなヤベェ悪魔《あくま》がいるなんて……！」

興奮気味《こうふんぎみ》にまくしたてるシャオロンに……いきなり、大先生《だいせんせい》が殴《なぐ》りかかってきた。

「あぶッッ!?　ちょッ、なにすんねん急《きゅう》に!!」

目《め》が合《あ》った大先生《だいせんせい》は〝**ガチギレ**〟の顔《かお》をしている。

「シャオロン……おまえ今《いま》、僕《ぼく》のこと**キモメガネ**って言《い》ったただろ……」

「……って、なんでおまえしっかり魔術食《まじゅつく》らってんねん!!」

なぜか大先生《だいせんせい》まで『疑心暗鬼《ぎしんあんき》』にやられ、ナゾの被害妄《ひがいもう》想《そう》にとりつかれる始末《しまつ》。

「**許《ゆる》さん……死《し》んでつぐなえ……**」

「いや、言《い》っとらん！　言《い》っとらんてオイ……!!」

シャオロンには大先生《だいせんせい》が組《く》みつき、不良《ふりょう》たちは殴《なぐ》りあい、いつの間《ま》にか、そこにカツアゲにあっていた生徒《せいと》まで加《くわ》わり……。

「だーっもう！　なんやねんこの空間《くうかん》！　めちゃくちゃや!!」

シャオロンは混沌《カオス》な大乱闘《だいらんとう》に頭《あたま》をかかえた。

争《あらそ》いあうように仕向《しむ》けた大男《おおおとこ》は、うれしそうにそれを見《み》ていたが……。

（……む？）

ふと、シャオロンに目《め》を止《と》めた。

（どうしたことか、この者《もの》には……我《わ》が魔術《まじゅつ》が効《き》いていない……？）

シャオロンは、『疑心暗鬼《ぎしんあんき》』を真正面《ましょうめん》から受《う》けたはずだ。

にもかかわらず、唯一《ゆいいつ》、正気《しょうき》をたもっている。

（ほう……！　興味深《きょうみぶか》い……！）

その事実《じじつ》は、大男《おおおとこ》の好奇心《こうきしん》を刺激《しげき》するのに十分《じゅうぶん》だった。

「シャオロン……と言《い》ったかな。どうやら、君《きみ》には秘《ひ》められた才能《さいのう》があるようだ」

「……え？」

ズンズンとこちらへ近《ちか》づいてくる大男《おおおとこ》に、シャオロンは顔《かお》をあげる。
(秘《ひ》められた才能《さいのう》……？　いったいなんの話《はなし》や……？)
大男《おおおとこ》は、大《おお》きな手《て》でがっしりとシャオロンの肩《かた》をつかむと、こう言《い》った。

「〝この学園《がくえん》を統治《とうち》する組織《そしき》〟に、興味《きょうみ》はないかね？」

瞬間《しゅんかん》、シャオロンの胸《むね》がドクンとはねた。
これって……まさか。
スカウト……？
俺《おれ》が……生徒会《せいとかい》に!?
何度《なんど》も妄想《もうそう》したチャンスが、今《いま》、目《め》の前《まえ》にある！
シャオロンは、廊下《ろうか》いっぱいに響《ひび》きわたる声《こえ》で叫《さけ》んだ。

この学園《がくえん》を統治《とうち》する組織《そしき》に
興味《きょうみ》はないかね？
…スカウト？
俺《おれ》が…？
生徒会《せいとかい》に!?
は…ッ

「は、はいッ!!」

この決断《けつだん》が、シャオロンの学校生活《がっこうせいかつ》を大《おお》きくゆるがすことになるとは、知《し》る由《よし》もなく。

「……ご快諾《かいだく》いただき、心《こころ》から感謝《かんしゃ》するよ。シャオロンくん。ウツくん。——君《きみ》たちを、新団員《しんだんいん》として歓迎《かんげい》しよう」

シャオロンと大先生《だいせんせい》が通《とお》されたのは、にぎやかな教室《きょうしつ》から離《はな》れ、暗《くら》くてジメジメした廊下《ろうか》の端《はし》っこ——「第三倉庫《だいさんそうこ》」。

この部屋《へや》のプレートには「**使用禁止《しようきんし》!!**」と手書《てが》きされている。まさか、無断《むだん》で使《つか》ってるわけじゃないよな……。

「倉庫《そうこ》」という通《とお》り、部屋《へや》には物《もの》が多《おお》く、お世辞《せじ》にもキレイとは言《い》いがたい。

そして、目《め》の前《まえ》には先《さき》ほどの大男《おおおとこ》が座《すわ》っている。

大男《おおおとこ》にだけは少《すこ》し大《おお》きな椅子《いす》と机《つくえ》が用意《ようい》されていて、机《つくえ》の上《うえ》のネームプレートには、へなちょこな字《じ》で「**ぐるっぺん**」と書《か》かれていた。

グルッペン……どうやら、それがこの大《おお》男《おとこ》の名前《なまえ》らしい。

「さあ座《すわ》りたまえ。遠慮《えんりょ》はいらないよ」

グルッペンが、ニヤニヤ笑《わら》いながら言《い》う。

……って言《い》われても、どれがイスで、どれがゴミか見分《みわ》けがつかないんですが。

「え……あの……なんか……」

シャオロンは、どんな顔《かお》をしたらいいかわからなかった。

あの名高《なだか》い生徒会《せいとかい》が、**こんなゴミ溜《だ》め**

……いや、質素《しっそ》な部屋《へや》で活動《かつどう》しているとは思《おも》いもよらず。

（ええ……なんか、思《おも》ってたんとちがうんやけど……）

さらに、部屋《へや》の中《なか》には、グルッペンのほかに、ふたりの生徒《せいと》がいた。

おそらくどちらも先輩《せんぱい》のはずだが、ひとりはぐーぐーイビキをかいて寝《ね》ている。

しかも、寝袋持参《ねぶくろじさん》。どう見《み》ても、**昼寝常習犯**《ひるねじょうしゅうはん》だ。

そして、もうひとりの先輩《せんぱい》は、律儀《りちぎ》に魔茶《まちゃ》を出《だ》す用意《ようい》をしてくれて――。

……いや、よく見《み》たら魔茶《まちゃ》じゃなくて「面妖《めんよう》つゆ」やないかい！

「会長《かいちょう》は……!?　麗《うるわ》しの君《きみ》はどこに……!?」

大先生《だいせんせい》も、混乱《こんらん》したようにあたりをキョロキョロしている。

「え……えっと、生徒会《せいとかい》って……意外《いがい》と予算《よさん》カツカツなんですね……」

引《ひ》きつった笑顔《えがお》で、シャオロンが言《い》うと……。

「……生徒会《せいとかい》？　はて、なんの話《はなし》かな」

グルッペンは、笑《え》みを絶《た》やさず答《こた》えた。

「えっ？」

シャオロンは固《かた》まる。

グルッペンは、すっと手《て》をあげ、入口《いりぐち》のドアにかかげられた木《き》の板《いた》を指《ゆび》さした。

「ここは、私《わたし》が団長《だんちょう》をつとめる……我々師団《われわれバトラ》だ」

「!?」

木《き》の板《いた》には、たしかに、まちがいなく、書《か》いてある。

「**我々師団**《われわれバトラ》」と。

「われ……え?」

「なにそれ……」

シャオロンたちは混乱《こんらん》していた。

「師団《バトラ》」というものが、学校《がっこう》にあることは知《し》っている。

共通《きょうつう》の特技《とくぎ》や趣味《しゅみ》を持《も》った生徒《せいと》が集《あつ》まって行《おこな》う、課外活動《かがいかつどう》——それが「師団《バトラ》」だ。

たとえば、魔界《まかい》のめずらしい動物《どうぶつ》や植物《しょくぶつ》を調査《ちょうさ》・育成《いくせい》する**魔植物師団**《ましょくぶつバトラ》、さまざまな薬《くすり》を研究《けんきゅう》する**薬学師団《やくがくバトラ》**……などなど。

人間界《にんげんかい》の言葉《ことば》で言《い》いかえるなら、部活動《ぶかつどう》だ。

悪魔学校《バビルス》には、たくさんの師団《バトラ》がある。でも、「我々師団《われわれバトラ》」が、なにをする師団《バトラ》なのか、さっぱり見当《けんとう》がつかない。

「我々師団《われわれバトラ》とは！」

グルッペンは、聞《き》いてほしくてしかたないというふうに、勝手《かって》に説明《せつめい》をはじめた。

混沌《こんとん》と破壊《はかい》をもってこの学園《がくえん》を統治《とうち》し！

ひいては、魔界全土《まかいぜんど》を手中《しゅちゅう》におさめるための工作活動《こうさくかつどう》を行《おこな》う——革命集団《かくめいしゅうだん》である!!

……いや、なんやねんそれ。

「ちょうど、団員《だんいん》を募《つの》っているところだったのだ。実《じつ》に幸先《さいさき》がいい！」

グルッペンのうさんくさい笑顔《えがお》を見《み》て、シャオロンたちはひとつだけ理解《りかい》した。

この師団《バトラ》、絶対《ぜったい》にろくでもない。

「あの……俺《おれ》、ちょっと用事《ようじ》を思《おも》い出《だ》して……」

「ミノリちゃんを待《ま》たせてるんで、僕《ぼく》はこれで……」

シャオロンと大先生《だいせんせい》は同時《どうじ》に背《せ》をむけると、いそいそと出入《でい》り口《ぐち》のドアへむかった。

こういうあやしいセールスは、早《はや》めに逃《に》げるのが吉《きち》だ！

「シャオロンくん！」

逃《に》げだそうとしたシャオロンの肩《かた》を、グルッペンが**ガシッ**とつかむ。

ミシミシミシ……と、爪《つめ》が肩《かた》にめりこみ、シャオロンは冷《ひ》や汗《あせ》が出《で》る。

「先《さき》ほど君《きみ》が見《み》せた闘争心《とうそうしん》……実《じつ》にすばらしかった！　君《きみ》と私《わたし》が組《く》めば、必《かなら》ずやこの学園《がくえん》を制《せい》することができるだろう。……あとまあ、せっかくだからウツくんも」

ついでみたいに、大先生《だいせんせい》も肩《かた》をつかまれている。

シャオロンは、このあやしい男《おとこ》にずいぶんと気《き》に入《い》られてしまったらしい。……まったくうれしくないが。

グルッペンは、あらためて言《い》った。

「申《もう》し遅《おく》れた……。私《わたし》は、我々師団《われわれバトラ》の団長《だんちょう》の、**グルッペン・フューラー**だ。これからの学《がく》園生活《えんせいかつ》——和気《わき》あいあいと殺伐《さつばつ》しようじゃないか。——さあ！」

思《おも》わずひるんでしまうほどの眼光《がんこう》で、グルッペンはふたりを見《み》つめる。

（言《い》うてること、めちゃくちゃやん……！）

でも、この男《おとこ》をふりきって逃《に》げられるほど、シャオロンと大先生《だいせんせい》の心臓《しんぞう》は強《つよ》くなかった。

なんで……なんで、こんなことに……！

（俺《おれ》が……俺《おれ》が入《はい》りたかったのは生徒会《せいとかい》なのに……！）

シャオロンは、自分《じぶん》の野望《やぼう》がもろくもくずれ去《さ》っていくのを感《かん》じた。

（あれ？　なんで僕《ぼく》これ、まきこまれてんの？？　助《たす》けて、アメリ会長《マイハニー》……ッ!!）

大先生《だいせんせい》は、〝ついで〟のまきこみ事故《じこ》で、**バラ色《いろ》の学園生活《がくえんせいかつ》**を失《うしな》いかけていた。

「同志《どうし》よ！　ともに戦《たたか》おう！　この悪魔学校《バビルス》の……いや——」

グルッペンだけは、邪悪《じゃあく》な笑《え》みを浮《う》かべて、ふるえるふたりの肩《かた》を抱《だ》く。

「魔界《まかい》の主役《しゅやく》は我々《われわれ》だ！」

「「イヤァァァ――――――!!」」

その日《ひ》――ふたりの悲痛《ひつう》な叫《さけ》び声《ごえ》が悪魔学校《バビルス》の片隅《かたすみ》にこだました。

入学初日《にゅうがくしょにち》。

シャオロン&《アンド》ウツ、我々師団入団決定《われわれバトラにゅうだんけってい》!!

第2話 我《われ》々《われ》師団《バトラ》

「……シャオロン。おまえはすばらしく優秀《ゆうしゅう》な悪魔《あくま》だ。おまえのような人材《じんざい》を求《もと》めていた」

アメリがシャオロンに手《て》を差《さ》しだす。

「さあ……」

シャオロンは高鳴《たかな》る胸《むね》を押《お》さえて、手《て》をのばした。

にぎったその手《て》は――力強《ちからづよ》く、ゴツゴツしていて、まるで図体《ずうたい》のデカい男《おとこ》のような……。

「我々《われわれ》とともに、この悪魔学校《バビルス》を支配《しはい》しようではないか！」

「ハイ！　喜《よろこ》んで――」

顔《かお》をあげると、そこにいたのは――アメリの服《ふく》を着《き》た、グルッペンだ。

「……って、するかボケェ!!」

シャオロンは、自分《じぶん》の悲痛《ひつう》な叫《さけ》びで目《め》を覚《さ》ました。

「ゆっ……夢《ゆめ》!?」

ハッとして、まわりを見回《みまわ》す。

おどろいた顔《かお》で自分《じぶん》を見《み》ているクラスメイトたち。

ヨダレでべしょべしょになったノート。

そして――ものすごい形相《ぎょうそう》でこちらをにらんでいる、**ブエル・ブルシェンコ先生《せんせい》**。

「……シャオロン。よく眠《ねむ》れたようだね……」

ギロリ。

ブルシェンコ先生《せんせい》の目《め》がカッと見開《みひら》かれ、シャオロンはさーっと血《ち》の気《け》が引《ひ》いた。

「**……アッ、えと……いやあの……。ハイ、おはようゴザイマス……**」


「断《ことわ》ろう!!」

シャオロンは、廊下《ろうか》のど真《ま》ん中《なか》で叫《さけ》んだ。

「罰《ばつ》」と書《か》かれたはり紙《がみ》をはられ、「ぼくはいねむりをしました。ゴメンナサイ」の札《ふだ》をさげたシャオロンは、ブルシェンコ先生《せんせい》からたっぷりお説教《せっきょう》をくらった後《あと》だ。

「……なにを？」

大先生《だいせんせい》が、けげんな顔《かお》をしてふりかえる。

「は!?　おまえ、昨日《きのう》の今日《きょう》でもう忘《わす》れたんか！　『我々師団《われわれバトラ》』でムリやり入団届《にゅうだんとどけ》書《か》かされたやろが！」

　あのあと結局《けっきょく》、シャオロンと大先生《だいせんせい》は、グルッペンの圧《あつ》に屈《くっ》し、入団届《にゅうだんとどけ》にサインをしてしまった。

　そのせいで、夜《よる》はよく眠《ねむ》れなかったし、授業中《じゅぎょうちゅう》に変《へん》な悪夢《あくむ》を見《み》るハメになったのだ。

「今《いま》ならまだ間《ま》に合《あ》う！　もっかいあの師団《バトラ》室《しつ》に行《い》って、入団《にゅうだん》の取《と》り消《け》しを……！」

「あー……じゃあシャオロン。**ついでに僕《ぼく》のぶんも断《ことわ》ってきて♡**」

　大先生《だいせんせい》は、へらっと笑《わら》う。

「……ア？　なんでやねん。おまえも来《こ》い

や」

「いや〜、今日《きょう》はこのあとケイシーちゃんと予定《よてい》が……」

「また女《おんな》か！　ええかげんにせえよおまえ!!」

すると大先生《だいせんせい》は、シャオロンにむかってビシッと指《ゆび》をつきつけた。

「うっさいわ！　僕《ぼく》には48人《にん》ものガールフレンド、**UTU48**《ユーティーユーフォーティーエイト》がおるんやぞ!!　おまえとちがっていそがしいの!!」

レイラー・ウツ、今日《きょう》も元気《げんき》にクズである。

「じゃ、そーいうワケで。**よろしく**♡」

ひらひらと手《て》をふり、大先生《だいせんせい》はケイシーちゃんとの待《ま》ちあわせに行《い》ってしまった。

（コイツ……ホンマに救《すく》えへん!!）

シャオロンは怒《いか》りにふるえながら、ひとり、我々師団《われわれバトラ》の師団室《バトラしつ》へむかったのだった。

「もうええわ！　俺《おれ》だけでも絶対《ぜったい》ぬけたるわ、あんな師団《バトラ》！」

昨日《きのう》と同《おな》じ、しめっぽい廊下《ろうか》を、シャオロンはぷりぷり怒《おこ》りながら歩《ある》く。

「俺《おれ》が入《はい》りたいのは生徒会《せいとかい》や！　こんなところで立《た》ち止《ど》まってる場合《ばあい》やない！　あの、グルなんたらに、なに言《い》われようと絶対《ぜったい》に――」

バシッと言《い》いかえしたる！

たとえば……そうやな……。こんな感《かん》じで――。

「考《かんが》えなおしてくれ、シャオロンくん！　我々師団《われわれバトラ》には君《きみ》が必要《ひつよう》なのだ!!」

きっと、グルッペンは、泣《な》いて俺《おれ》に懇願《こんがん》するやろ。

優秀《ゆうしゅう》な俺《おれ》がいなくなれば、我々師団《われわれバトラ》もさぞかし困《こま》るやろし。

「ウェェェン!!　なんなら、団長《だんちょう》の座《ざ》を君《きみ》にゆずってもいい！　だから、どうか――！」

そんなグルッペンの肩《かた》を、俺《おれ》はポンと叩《たた》く。

そんで、こう言《い》ってやるんや。

「……グルッペンさん。貴方《あなた》に高《たか》い志《こころざし》があるのと同《おな》じように、私《わたし》には私《わたし》の野望《やぼう》があるのです。今《いま》は、別々《べつべつ》の道《みち》を歩《あゆ》みましょう……」

「シャオロンくん……」

グルッペンはうちひしがれた顔《かお》で、地面《じめん》にへたりこむ。

（本当《ほんとう》は……心《こころ》のどこかで理解《りかい》していた。シャオロンくん、キミは……こんな弱小師団《じゃくしょうバトラ》におさまる悪魔《あくま》ではないと――）

悲《かな》しみにくれるグルッペンに背《せ》をむけ、俺《おれ》は生徒会室《せいとかいしつ》へ歩《あゆ》みを進《すす》めるのだった――。

「……ふふふ……いやあ～～～ッ!!　やめるのホンマ心苦《こころぐる》しいわ～～～～～ッ!!」

妄想《もうそう》で元気《げんき》を取《と》りもどしたシャオロンは、意気揚々《いきようよう》と我々師団室《われわれバトラしつ》のドアを開《あ》けた。

「でもすんませんね団長《だんちょう》!!　いくら止《と》められても、俺《おれ》の決意《けつい》はゆらがないんでー!!」

「ああ、いいっすよ。別《べつ》に」

ああ いっすよ 別《べっ》に

返事《へんじ》をしたのは、グルッペン——じゃなかった。

堂々《どうどう》とグルッペンの机《つくえ》に腰《こし》かけている、気《け》だるげな生徒《せいと》。

大人気《だいにんき》アクドル〝**くろむちゃん**〟の特集雑誌《とくしゅうざっし》を読《よ》んでサボっている。

「…………」

……いや、コイツだれ？

「……グルさんが昨日《きのう》ムリヤリ入団《にゅうだん》させた人《ひと》っすよね？」

そう言《い》われて、シャオロンはようやく思《おも》い出《だ》した。

目《め》の前《まえ》にいるのは、昨日《きのう》、師団室《バトラしつ》の隅《すみ》っこでぐーぐー寝《ね》ていた、あの先輩《せんぱい》だ。

「あ。どうも、2年《ねん》の**イロニー・ショッピ**っす。……災難《さいなん》でしたね。入団届《にゅうだんとどけ》のほうは破棄《はき》しとくんで。はい、もういいっすよ」

ヒラヒラと入団届《にゅうだんとどけ》をふって見《み》せ、ショッピは事務的《じむてき》に言《い》った。

「え……ちょっと待《ま》って、あの団長《だんちょう》に許可《きょか》取《と》らんでええの……？」

「今《いま》いないんで、別《べつ》にいいっす」

「い……いやでも……なんかあの人《ひと》、俺《おれ》にスゴイ期待《きたい》してくれとったみたいやし……。一《いち》応《おう》、ひとこと言《い》っとかんと不義理《ふぎり》かな～なんて……テヘ☆」

こんなにアッサリ入団破棄《にゅうだんはき》されるのも、それはそれでちょっとおもしろくない。

すると、ショッピは「ああ……」と納得《なっとく》して。

「それ、リップサービスっすよ」

小馬鹿《こばか》にしたように鼻《はな》で笑《わら》った。

リップサービス……とにかく相手《あいて》をほめて、その気《き》にさせる話術《わじゅつ》のことだ。

「こんなあやしい師団《バトラ》、まともに募集《ぼしゅう》かけても人集《ひとあつ》まらないスからね……。手当《てあ》たり次第《しだい》声《こえ》かけて、甘言《かんげん》につられたヤツを無理《むり》やり入団《にゅうだん》させたりするわけです」

さらっと言《い》っているが、完全《かんぜん》に、悪徳業者《あくとくぎょうしゃ》のやり方《かた》だ。

「まあ、そんなのに引《ひ》っかかるヤツ、フッ――はいませんけど……アレ？　アナタはもしかして……？　いやいや、まさかそんなねえ……」

ショッピは、ここぞとばかり、皮肉《ひにく》っぽい笑《え》みを浮《う》かべた。

（な……なんやとォ～～～～～～！？）

見事《みごと》にあおられ、シャオロンは下唇《したくちびる》をギリッとかんだ。

あの団長《だんちょう》にして、この団員《だんいん》である。やっぱりロクな師団《バトラ》じゃない！

そのとき――。

「**ふいっ。**どうも〜。我々師団《われわれバトラ》さんは、こちらで合《あ》っているかしら？」

ガチャリと出入《でい》り口《ぐち》のドアが開《ひら》き、小柄《こがら》な女性《じょせい》が入《はい》ってきた。

たしか……**ストラス・スージー先生《せんせい》。**魔生物学《ませいぶつがく》の担当教師《たんとうきょうし》だ。

「そうですけど……」と、ショッピが答《こた》えると。

「**ふいっ**」という独特《どくとく》な口《くち》ぐせとともに、スージー先生《せんせい》はうれしそうに手《て》を合《あ》わせた。

「ああ〜、よかった！　ちょっと人手《ひとで》が必要《ひつよう》で……。ここの師団《バトラ》は、みんなのお困《こま》りごとをなんでも解決《かいけつ》してくれるって聞《き》いたのだけど……ひとつ頼《たの》んでもいいかしら？」

それを聞《き》くと、ショッピは「ああ……」とつぶやいてシャオロンを指《さ》す。

「すみません。ちょうど今《いま》、有象無象《うぞうむぞう》のひとりがやめて、人手《ひとで》が……」

ダンッ！

ショッピの言葉《ことば》をさえぎるように、シャオロンは、スージー先生《せんせい》の前《まえ》に仁王立《におうだ》ちした。

「まかせとってください！」

スージー先生《せんせい》を見下《みお》ろし、カッと見開《みひら》いた眼《め》でシャオロンは言《い》う。

「俺《おれ》が一瞬《いっしゅん》で解決《かいけつ》してみせます。で？　ご依頼内容《いらいないよう》は？？」

ただならぬ圧《あつ》に、スージー先生《せんせい》も思《おも》わず一歩後《いっぽあと》ずさる。

「……やめるんじゃやなかったんすか？」

突然《とつぜん》やる気《き》になったシャオロンに、ショッピがたずねる。

「……俺《おれ》はな」

「はい？」

「将来《しょうらい》、生徒会《せいとかい》に入《はい》って大活躍《だいかつやく》する男《おとこ》やねん。この学園《がくえん》のお困《こま》りごとは、全部俺《ぜんぶおれ》が解決《かいけつ》したる。だから――**我々師団《おまえら》の出《で》る幕《まく》なんざ、これっぽっちもあらへんのや!!**」

堂々《どうどう》と啖呵《たんか》を切《き》ると、シャオロンはずんずん依頼《いらい》の現場《げんば》へむかった。

「**ふいっ。**着《つ》きましたよぉ」

スージー先生《せんせい》に案内《あんない》されたのは、中庭《なかにわ》の一角《いっかく》。

「お願《ねが》いしたいのは、この庭《にわ》の**魔雑草《まざっそう》の駆除《くじょ》**でぇす」

休憩用《きゅうけいよう》のベンチをぐるっと囲《かこ》むように、成長《せいちょう》しきった〝魔雑草《まざっそう》〟がはびこっている。

「うわ。伸《の》び伸《の》びじゃないですか」

ショッピはのんきに魔雑草《まざっそう》を見上《みあ》げる。

「手入《てい》れしてくれるコがなかなかいなくて。悪魔《あくま》はみんな飽《あ》きっぽいから……」

スージー先生《せんせい》も、困《こま》ったように眉《まゆ》を下《さ》げた。

魔界《まかい》に生《は》える植物《しょくぶつ》を、ただの草《くさ》だとあなどってはいけない。

シャオロンの身長《しんちょう》の何倍《なんばい》もある魔雑草《まざっそう》には、花《はな》びらのかわりに、**丸《まる》い鉄球《てっきゅう》**が咲《さ》いている。

鉄球《てっきゅう》には、**3つの目《め》**と**ギザギザの歯《は》**があり、隙《すき》あらば噛《か》みつこうとねらっているのだ。

さっと刈《か》りとって終《お》わりやろ、なんて思《おも》っていたシャオロンも、鎌《かま》を片手《かたて》にぼうぜん。

魔雑草《まざっそう》の駆除《くじょ》でぇす
ガパァ…
うわ 伸《の》び伸《の》びじゃないですか
手入《てい》れしてくれるコがなかなかいなくて
悪魔《あくま》はみんな飽《あ》きっぽいから…

「これを駆除《くじょ》するのはめんどいっすね……」

ショッピは完全《かんぜん》に他人事《ひとごと》だ。シャオロンは、ぎゅっと鎌《かま》をにぎりなおす。

「……上等《じょうとう》や」

こんなキケンな仕事《しごと》、だれもやりたがらん。

ひとりで立《た》ちむかうなんて、それこそ無謀《むぼう》や。

だからこそ――。


やりとげたら、サイッコーにカッコええやん！


「おい、喜《よろこ》べ雑草《ざっそう》ども。今《いま》からおまえらはみんな――未来《みらい》の生徒会《せいとかい》、シャオロン様《さま》の最初《さいしょ》の糧《かて》となるんやからな!!」

魔雑草《まざっそう》にむかって鎌《かま》をつきだす。

それを合図《あいず》に、魔雑草《まざっそう》が一斉《いっせい》におそいかかってきた。

「うおっ……と！」

最初《さいしょ》の一体《いったい》の攻撃《こうげき》をよけ、鉄球《てっきゅう》を踏《ふ》み台《だい》に、一気《いっき》に太《ふと》い茎《くき》をかけあがる。

（ここで一発《いっぱつ》、華麗《かれい》に決《き》めれば……明日《あした》は学校中《がっこうじゅう》、俺《おれ》のウワサで持《も》ちきりや！　見《み》とけよ、ボンクラども――!!）

一方《いっぽう》そのころ――。

大先生《だいせんせい》は愛《いと》しのケイシーちゃんを連《つ》れ、絶賛中庭《ぜっさんなかにわ》でデート中《ちゅう》。

「わぁ、あれ見《み》てぇ♡」

「あれは……」

視界《しかい》の先《さき》には、澄《す》んだ青《あお》い空《そら》と、中庭《なかにわ》のベンチ。

――**おらぁぁぁぁぁあ！**

そして、はびこる魔雑草《まざっそう》と、空中《くうちゅう》を跳《と》びはねながら戦《たたか》うシャオロン。

うん。ロケーションばっちり！

「お花《はな》がいっぱい咲《さ》いててステキ！」

「ここでお昼《ひる》にしよか」

ふたりはベンチにならんで座《すわ》る。

「実《じつ》はアタシ、お弁当《べんとう》つくってきたの……♡」

「ホンマに!?　楽《たの》しみやなァ」

――ぎゃあああああ！

シャオロンが、魔雑草《まざっそう》に上着《うわぎ》を食《く》いちぎられそうになっている前《まえ》で。

「はい、アーーーン♡」

「アーーーン♡」

「この状況《じょうきょう》でイチャつくとか、どんな神経《しんけい》しとんのや!!」

シャオロンは、大先生《だいせんせい》の後頭部《こうとうぶ》に小《ちい》さな魔雑草《まざっそう》の鉄球《てっきゅう》を投《な》げつけた。

「ガンバレ〜〜」

一方《いっぽう》ショッピは、レジャーシートと食料《しょくりょう》を広《ひろ》げ、ピクニック気分《きぶん》で観戦《かんせん》している。

「おまえも、見《み》とらんで手伝《てつだ》わんかい!!」

もう、ツッコミだけで疲《つか》れるわ!

「どいつもこいつも、俺《おれ》をナメくさりやがって〜〜〜!!」

それでも、シャオロンには、あきらめられない理由《りゆう》があった。


「シャオロン、おまえさあ……。なんでいっつも、あんな危《あぶ》なっかしい真似《まね》すんねん……。

悪魔《あくま》なんだから、もっと享楽的《きょうらくてき》に生《い》きようぜ?」

いつだったか、大先生《だいせんせい》からそんなふうに言《い》われたことがある。

悪魔《あくま》なら、思《おも》うがまま、楽《たの》しく生《い》きればいい……たしかにそうかもしれん。

……それでも、俺《おれ》が、ムチャなことする理由《りゆう》?

わからないなら、教《おし》えたる。

——正義感《せいぎかん》?

ちがう。そんなんやない。

――自己犠牲《じこぎせい》?

アホか。もっとちがう。

じゃあ……生徒会《せいとかい》に認《みと》められたい?

「……いや!! それだって、本質《ほんしつ》やない……!」

シャオロンは、魔雑草《まざっそう》の口《くち》からぷらーんと宙吊《ちゅうづ》りになったまま、鎌《かま》をふりあげる。

「俺《おれ》が……俺《おれ》がここまで必死《ひっし》こく理由《りゆう》は――!!」

「キャー! シャオ様《さま》、ステキーーーッ!!」

学校中《がっこうじゅう》の注目《ちゅうもく》を浴《あ》び。

「**シャオロン……おまえをぜひ、生徒会《せいとかい》へ!!**」

アメリ会長《かいちょう》に認《みと》められ。

「シャオロンさん、カバン持《も》ちますぅ!!」

「靴《くつ》なめますぅ!!」

ショッピと大先生《アホども》にもナメられず。

そうやって――。

「みんなにチヤホヤされたいから
や――――ッ!!」

ガシュッ!!

シャオロンの鎌《かま》が、魔雑草《まざっそう》の目《め》をつきさす。

「ギィヤアアアア!!」

シャオロンをくわえていた魔雑草《まざっそう》は、悲鳴《ひめい》をあげた。

そのスキに、シャオロンは魔雑草《まざっそう》の牙《きば》から逃《のが》れる。

……そんなシャオロンの様子《ようす》を、ショッピは飽《あ》きもせず眺《なが》めている。

「……どうだね、ショッピくん。新団員《しんだんいん》の感想《かんそう》は？」

背後《はいご》に、いつの間《ま》にかグルッペンが立《た》っていた。

「……そうですね。素直《すなお》で、ひどい目《め》にあいながらも、必死《ひっし》にがんばっていて……見ていてとても――**笑《わら》えますね**」

ショッピは、おもしろくてしかたがない様子《ようす》で、あくどい笑《え》みを浮《う》かべる。

「……そうか」

グルッペンは満足《まんぞく》そうに笑《わら》う。

「それでいい。それでこそ、我々師団《われわれバトラ》だ！　……本人《ほんにん》もやる気満々《きまんまん》のようだし、これで我《わ》が野望《やぼう》の成就《じょうじゅ》にまた一歩《いっぽ》――」

「話《はなし》はあとにしてくれますか、団長《だんちょう》。今《いま》いいとこなんで、ホラ」

そう言《い》って、ショッピはシャオロンを指《ゆび》さすと……。

「ついに喰《く》われた！」

上半身《じょうはんしん》をのみこまれたシャオロンを見《み》て、ショッピはこらえきれずに噴《ふ》きだした。

「あちゃー」と、グルッペンも他人事《ひとごと》のように言《い》う。

散々笑《さんざんわら》いころげると、ショッピは十分満足《じゅうぶんまんぞく》したらしい。

「あー、楽《たの》しかった！　じゃあ、あとは団長《だんちょう》、よろしく」

後始末《あとしまつ》をグルッペンにまかせて、自分《じぶん》はさっさと退散《たいさん》するようだ。

「しっかりしろ、シャオロンくん！　この程度《ていど》で死《し》なれては、命《いのち》がいくつあっても足《た》りないぞ！」

グルッペンの言葉《ことば》を、シャオロンは、遠《とお》のく意識《いしき》の中《なか》で聞《き》いていたのだった……。


翌日《よくじつ》――。

シャオロンのまわりには人《ひと》だかりができていた。

「シャオロンくん、カバン持《も》つよ！」

「ごはん食《た》べさせてあげる♡」

今日《きょう》のシャオロンは、みんなの注目《ちゅうもく》の的《まと》だ。

それもそのはず……。

「はい、アーン♡　早《はや》くよくなるといいわね♡」

シャオロンは、ツノの先《さき》からしっぽの先《さき》まで、包帯《ほうたい》でぐるぐる巻《ま》き。

グルッペン団長《だんちょう》に回収《かいしゅう》されたおかげで助《たす》かったが、全身大《ぜんしんおお》ケガ。

自分《じぶん》で歩《ある》くこともままならないので、大先生《だいせんせい》に車《くるま》いすを押《お》してもらっている始末《しまつ》だ。

「よかったなあ、シャオロン。人気者《にんきもの》やぞ♡」

にやけ顔《がお》の大先生《だいせんせい》に耳打《みみう》ちされた。

たしかに、チヤホヤされてるけど……。

「なんか……なんか……!! 思《おも》ってたんとちがーーーーーーう!!!」


今度《こんど》こそ……シャオロンはしっかりと心《こころ》に決《き》めたのだ。

「二度《にど》と行《い》かんわ、あんな師団《バトラ》!!」


——そのころ。

「次《つぎ》は、なんの任務頼《にんむたの》もうかな……」

師団室《バトラしつ》で、ショッピが黒《くろ》い笑《え》みをうかべているとも知《し》らずに。


新入生《しんにゅうせい》シャオロン。

我々師団《われわれバトラ》で、初任務完遂《はつにんむかんすい》!!

第3話 求《もと》ム使《つか》い魔《ま》！

「おーい!!　急《いそ》げ、大先生《だいせんせい》!!　遅刻《ちこく》したらアカンぞ!!」

「ま、待《ま》って、シャオちゃん……」

廊下《ろうか》を爆走《ばくそう》するシャオロンの後《うし》ろを、息《いき》も絶《た》え絶《だ》えの大先生《だいせんせい》がついてくる。

シャオロンは、今日《きょう》の授業《じゅぎょう》を心待《こころま》ちにしていた。

なんたって――！


「今日《きょう》は大事《だいじ》な、**『使《つか》い魔《ま》召喚《しょうかん》』**の日《ひ》なんやからな!!」


「使《つか》い魔《ま》召喚《しょうかん》の儀《ぎ》」とは。

新入生《しんにゅうせい》の間《あいだ》で行《おこな》われる、最初《さいしょ》の伝統行事《でんとうぎょうじ》である。

魔獣《まじゅう》を「使《つか》い魔《ま》」として召喚《しょうかん》し、主従関係《しゅじゅうかんけい》を結《むす》ぶ。

このとき呼《よ》びだした使《つか》い魔《ま》の質《しつ》は、魔界《まかい》における階級《かいきゅう》――〝**位階**《ランク》〟の決定《けってい》に大《おお》きく関《かか》わるのである！


「悪魔《あくま》にとって、位階《ランク》は重要《じゅうよう》や！　低位階《ローランク》な悪魔《あくま》は、生徒会《せいとかい》どころか一般《いっぱん》の生徒《せいと》にすら見《み》向《む》きもされへん！」

魔界《まかい》の位階《ランク》は、10段階《だんかい》。

簡単《かんたん》に言《い》えば、最高位階《さいこうランク》の【10《ヨド》】はめっちゃ強《つよ》くてすごい悪魔《あくま》。最低位階《さいていランク》の【1《アレフ》】は虫《むし》けらレベル。

だから、【1《アレフ》】の悪魔《あくま》はナメられやすいのだ。

シャオロンにとって、この使《つか》い魔召喚授業《ましょうかんじゅぎょう》は、みんなの注目《ちゅうもく》をあびるビッグチャンス。

「俺《おれ》も一発《いっぱつ》、スゲェ使《つか》い魔《ま》を召喚《しょうかん》して、ドカンと一気《いっき》に高位階《ハイランク》に――**ぶべっ!?**」

勢《いきお》いよく教室《きょうしつ》に飛《と》びこむと、大《おお》きな壁《かべ》にぶつかった。

壁《かべ》が、ふりかえる。ギラリと目《め》を光《ひか》らせたのは、巨大《きょだい》な――**豚**《ぶた》**だ。**

「こっ……こいつは、**魔獣《まじゅう》デビルポーク!?** でけぇ……!!」

「だれだ、こんなスゲェ使《つか》い魔《ま》を召喚《しょうかん》したやつは――!?」

自分《じぶん》たちより頭《あたま》ひとつぶん以上《いじょう》デカいその姿《すがた》に、シャオロンと大先生《だいせんせい》はふるえた。

しかもこの豚《ぶた》さん……悪魔学校《バビルス》指定《してい》の制服《せいふく》に帽子《ぼうし》をかぶり、「はじめてのつかいましょうかん」なんて教科書《きょうかしょ》まで読《よ》んでいる!

「なんや、この使《つか》い魔《ま》、本読《ほんよ》んどるぞ!? かしこい豚《ぶた》さんやな……!」

「だれが使《つか》い魔《ま》やねん!!」

わっ!? 使《つか》い魔《ま》がしゃべった!?

「悪魔《あくま》や、悪魔《あくま》!! 悪魔学校《バビルス》の生徒《せいと》!!」

使《つか》い魔《ま》のデビルポーク……いや、1年生《ねんせい》の**シュヴァイン・トントン**が叫《さけ》んだ。

「道《みち》ふさいで悪《わる》かったな……。緊張《きんちょう》してまわりがよう見《み》えとらんかったわ。ケガないか?」

最初《さいしょ》のインパクトからは予想外《よそうがい》に、温厚《おんこう》な豚《ぶた》さんのようだ。

「は〜……どんな使《つか》い魔《ま》が来《き》てくれるんやろなぁ。おたがい、いいパートナーに出会《であ》えるとええな!」

とーーん
はじめてのつかいましょうかい
……!?
なんや
この使《つか》い魔《ま》
本読《ほんよ》んどるぞ…!?
賢い…!!
ガーン
誰《だれ》が
使《つか》い魔《ま》やねん
悪魔《あくま》や悪魔《あくま》!!
悪魔学校《バビルス》の
生徒《せいと》!!
道《みち》ふさいで
悪《わる》かったな…
緊張《きんちょう》して周《まわ》りが
よう見《み》えとらん
かったわ
ケガないか?
はじめてのつかいましょうかい
シュヴァイン・トントン
新《しん》1年生《ねんせい》
は〜〜どんな
使《つか》い魔《ま》が来《き》て
くれるんやろなぁ
フー
ポンポン
お互《たが》い良《い》い
パートナーに
出会《であ》えるとええな
じゃっまた後で
悪魔《あくま》にも
色《いろ》んなタイプが
おるねんな…
注目《ちゅうもく》!

トントンは、シャオロンと大先生《だいせんせい》の肩《かた》を叩《たた》き、ふたたび教科書《きょうかしょ》を熟読《じゅくどく》しはじめた。

「悪魔《あくま》にもいろんなタイプがおるねんな……」

集中《しゅうちゅう》しているトントンの背中《せなか》を見《み》て、シャオロンはつぶやいた。

「注目《ちゅうもく》！」

そうこうしているうちに、教室《きょうしつ》に先生《せんせい》が入《はい》ってきた。

「本日《ほんじつ》の召喚《しょうかん》の儀《ぎ》、監督官《かんとくかん》を務《つと》める**モラクス・モモノキ**です。よろしく」

モモノキ先生《せんせい》は、長《なが》い髪《かみ》を高《たか》い位置《いち》でポニーテールにした、若《わか》くてきれいな女性《じょせい》の先生《せんせい》。

若《わか》くてきれいな女性《じょせい》……といえば。

「**美《うつく》しい……**」

大先生《だいせんせい》はさっそく、モモノキ先生《せんせい》を見《み》て鼻《はな》の下《した》をのばしている。

「あれ？　使《つか》い魔召喚《ましょうかん》の担当《たんとう》って確《たし》か、**カルエゴ**……って先生《せんせい》だって聞《き》いてたけど」

シャオロンが首《くび》をかしげると、モモノキ先生《せんせい》が答《こた》える。

「私《わたし》は代理《だいり》よ。カルエゴ先生《せんせい》は、前《まえ》のグループでの監督中《かんとくちゅう》にトラブルがあり、現在療養中《げんざいりょうようちゅう》で……」

トラブル、という言葉《ことば》に、教室内《きょうしつない》がざわつく。

そのうち、何人《なんにん》かがささやきだした。

「なあ……あの話《はなし》、知《し》ってるか？」

「なになに？」

「例《れい》の特待生《とくたいせい》、『イルマ』のウワサ。あいつ、なんでも**カルエゴ先生《せんせい》を使《つか》い魔《ま》にしちまったらしいぞ……！**」

……そう。カルエゴ先生《せんせい》は、不慮《ふりょ》の事故《じこ》でイルマに召喚《しょうかん》されてしまい、モフモフの使《つか》い魔《ま》〝**モフエゴ先生《せんせい》**〟になってしまったのだ。

それもこれも、実《じつ》はイルマが悪魔《あくま》ではなく人間《にんげん》だからなのだが……そのことはないしょである。

使《つか》い魔召喚《ましょうかん》は、血《ち》の契約《けいやく》。一度召喚《いちどしょうかん》されてしまうと、契約関係《けいやくかんけい》は1年続《ねんつづ》く。

カルエゴ先生《せんせい》はあまりのショックで寝《ね》こんでしまい、学校《がっこう》を休《やす》んだ。

モモノキ先生《せんせい》は、モフエゴ先生《せんせい》の姿《すがた》を思《おも》い出《だ》して、熱《あつ》くなった頬《ほお》を押《お》さえる。

（ああっ！　あのかわいいカルエゴ先生《せんせい》の姿《すがた》……！　思《おも》い出《だ》しただけでもだえる……ッ！）

モモノキ先生《せんせい》は、カルエゴ先生《せんせい》の大《だい》ファンなのだ。……が、それもまた、ないしょである。

とんでもないウワサを耳《みみ》にしてしまったシャオロンは……。

「イルマ……！　俺《おれ》を差《さ》しおいて学校中《がっこうじゅう》の注目《ちゅうもく》を集《あつ》めるとは……気《き》に食《く》わねえ!!」

入学初日《にゅうがくしょにち》からあばれまくってると評判《ひょうばん》の特待生《とくたいせい》に、対抗意識《たいこういしき》バチバチだ。

対《たい》して、大先生《だいせんせい》は……。

（悪魔《あくま》が悪魔《あくま》を使役《しえき》する!?　そんなことが可能《かのう》なのか……!?）

神妙《しんみょう》な顔《かお》で考《かんが》え、ハッとする。

「ということは、つまり……!!　**僕《ぼく》にも、モモノキ先生《せんせい》を使役《しえき》できる可能性《かのうせい》が――!?**」

大先生《だいせんせい》の脳内《のうない》に、優雅《ゆうが》にイスに座《すわ》る自分《じぶん》と、メイド服姿《ふくすがた》で給仕《きゅうじ》するモモノキ先生《せんせい》が浮《う》かぶ。

――ご主人様《しゅじんさま》、紅茶《こうちゃ》のおかわりは？

――ああ。いただくよ……。

下心丸出《したごころまるだ》しの大先生《だいせんせい》に、シャオロンは冷《ひや》やかな視線《しせん》をむけた。

「では、召喚《しょうかん》で使用《しよう》する羊皮紙《ようひし》を、ひとり1枚《まい》受《う》けとってください」

「ハ――――イ!!　やりま――――す!!」

モモノキ先生《せんせい》から合図《あいず》があると、大先生《だいせんせい》は一目散《いちもくさん》にかけだした。

「ブレへんな、アイツ……」

シャオロンは、ウキウキの大先生《だいせんせい》をあきれながら見送《みおく》った。

（まあ、ええわ。アホはほっとこ……。今《いま》は、自分《じぶん》のことに集中《しゅうちゅう》せな）

頭《あたま》の中《なか》から大先生《アホ》を追《お》いだし、腕《うで》を組《く》む。

（どんな使《つか》い魔《ま》を召喚《しょうかん》したら、あの特待生《とくたいせい》より目立《めだ》てるやろか……。ゴルゴンスネーク？　水馬《ケルピー》？　いや――）

もっとデカくて、派手《はで》で、強《つよ》そうなヤツ!!

（それこそ、ビッグ（になる予定《よてい》）な俺《おれ》にふさわしい……!!）

シャオロンが妄想《もうそう》しているうちに召喚《しょうかん》の儀《ぎ》は進《すす》み……なにやらあたりがざわざわしはじめた。

「おおっ！　次《つぎ》は、トントンの番《ばん》か！」

見《み》れば、先《さき》ほどのトントンが、召喚《しょうかん》に使《つか》うロウソクの前《まえ》に立《た》っている。

（おっ。あいつの番《ばん》や。どれどれ……）

シャオロンも、生徒《せいと》たちの間《あいだ》からのぞきこむ。

トントンは、緊張《きんちょう》した顔《かお》で、羊皮紙《ようひし》をかかげた。

使《つか》い魔召喚《ましょうかん》は、こんな手順《てじゅん》で行《おこな》われる。

①　指定《してい》の羊皮紙《ようひし》に、自分《じぶん》の血《ち》で丸《まる》を描《か》く

②　魔法陣《まほうじん》の中《なか》へ入《はい》る

③　羊皮紙《ようひし》を中央《ちゅうおう》のロウソクにくべる

④　ロウソクの煙《けむり》が形《かたち》を成《な》し、使《つか》い魔《ま》があらわれる！

トントンは、指先《ゆびさき》を牙《きば》で嚙《か》みきり、流《なが》れた血《ち》で羊皮紙《ようひし》にきれいな丸《まる》を描《か》いた。

それから、大《おお》きく深呼吸《しんこきゅう》。

「……よし」

気合《きあ》いを入《い》れて、燃《も》えるロウソクの中《なか》に、羊皮紙《ようひし》をくべる。

すると——。

ロウソクの煙《けむり》が一気《いっき》に増幅《ぞうふく》し、突風《とっぷう》が巻《ま》きおこった。

「……!!」

煙《けむり》の中《なか》からあらわれたのは——。

パァァァァァ…
おぉおおっ!!

小豚《こぶた》だ。

トントンそっくりの。


「おおおおっ!!」

歓声《かんせい》があがる。

小《ちい》さな羽《はね》を懸命《けんめい》にパタパタさせ、トントンのもとへ舞《ま》いおりた使《つか》い魔《ま》。

ひとりと1匹《ぴき》が並《なら》んでいるその姿《すがた》は——。


……………。

……どっちが使《つか》い魔《ま》なんか見分《みわ》けがつかん。


「プギー」

手《て》の中《なか》におさまった使《つか》い魔《ま》を見《み》て、トントンは目《め》をうるませる。

「なんてかわいい使《つか》い魔《ま》なんや……よく来《き》てくれた!!　今日《きょう》から俺《おれ》たちは……**一心同体《いっしんどうたい》**

や!!」

こっちがビックリするほどの声《こえ》で叫《さけ》び、使《つか》い魔《ま》を抱《だ》きしめて泣《な》きだした。

「これから、おまえの名前《なまえ》は『トン』やで……!」

「プギー!」

大《おお》きな豚《ぶた》さんが、小《ちい》さな豚《ぶた》さんと、絆《きずな》を育《はぐく》んでいる。

そのほほえましい光景《こうけい》に、シャオロンもなんとなく、肩《かた》の力《ちから》がぬけていくのを感《かん》じた。

「次《つぎ》、シャオロン君《くん》の番《ばん》よ」

「あっ、はい!!」

ちょうど、モモノキ先生《せんせい》に呼《よ》ばれた。


血《ち》で丸《まる》を描《か》いた羊皮紙《ようひし》を持《も》って、魔法陣《まほうじん》の中《なか》に入《はい》る。

(……そうか。俺《おれ》としたことが、一番大事《いちばんだいじ》なことを忘《わす》れとったかもしれんな……)

〝他《ほか》の生徒《ヤツ》より目立《めだ》ちたい〟とか。

〝強《つよ》くてカッコいい〟とか……。

使《つか》い魔《ま》は、俺《おれ》の自己顕示欲《じこけんじよく》を満《み》たすための道具《どうぐ》やない。

彼《かれ》らは……俺《おれ》たち悪魔《あくま》の、大切《たいせつ》な相棒《パートナー》や!!

「さあ……来《き》てくれ……!」

シャオロンが羊皮紙《ようひし》を火《ひ》にくべると、あたりがまぶしい光《ひかり》に包《つつ》まれた。

「こっ……これは……!」

モモノキ先生《せんせい》が目《め》を見張《みは》る。

「来《き》たか……。これが、俺《おれ》の使《つか》い魔《ま》——……」

ロウソクの煙《けむり》が消《き》えた魔法陣《まほうじん》の中《なか》には——。

なにも、いない。

ヒュウ……と寒《さむ》い風《かぜ》だけが吹《ふ》いている。

「……………」

シャオロンは、ぽかんと口《くち》をあける。

「……あれ？　え？　使《つか》い魔《ま》ちゃん？？　照《て》れ屋《や》さんなのかなー？　出《で》ておいで〜〜」

魔法陣《まほうじん》のまわりをぐるぐるさがしまわるシャオロンに、モモノキ先生《せんせい》が言《い》う。

「あなた……召喚《しょうかん》、むいてないみたいね」

「!?」

シャオロンは、雷《かみなり》に打《う》たれたように固《かた》まった。

「むい……え？？？」

「たまにいるのよ。召喚《しょうかん》してもなにも呼《よ》びだせない子《こ》。まあでも大丈夫《だいじょうぶ》よ。そういう子《こ》は、みっちり補習《ほしゅう》すれば、あとでちゃんと召喚《しょうかん》できるように……」

説明《せつめい》するモモノキ先生《せんせい》に、トントンが耳打《みみう》ちする。

「先生《せんせい》、この人聞《ひとき》いてないですよ……」

すでに、真《ま》っ白《しろ》に燃《も》えつきているシャオロン。

イルマを見返《みかえ》すどころの話《はなし》ではない。

と、いうワケで……。


「ちくしょおお!!　今《いま》に見《み》とれよおおお!!」

その後《あと》は、みっちり補習地獄《ほしゅうじごく》。

「僕《ぼく》も召喚《しょうかん》できんかったわ……」

よこしまな気持《きも》ちでいどんだ大先生《だいせんせい》も、当然撃沈《とうぜんげきちん》。

魔界《まかい》の授業《じゅぎょう》は、かくも厳《きび》しい……。

シャオロン、初《はつ》の召喚《しょうかん》の儀《ぎ》。

使《つか》い魔獲得《まかくとく》……ならず!!

第4話

無《む》慈《じ》悲《ひ》なお悩《なや》み相《そう》談《だん》所《じょ》

昼時《ひるどき》の悪魔学校《バビルス》の学生食堂《がくせいしょくどう》に、シャオロンの悲痛《ひつう》なうめき声《ごえ》がこだました。

「……アカン。俺《おれ》の華々《はなばな》しい学園《がくえん》ライフが、早《はや》くも大《だい》ピンチや……！」

シャオロンの手《て》には、使《つか》い魔《ま》召喚《しょうかん》の成績表《せいせきひょう》。

結果《けっか》は「**D**《ディー》**マイナス**」。めっちゃ悪《わる》い。

落《お》ちこむシャオロンに対《たい》して、大先生《だいせんせい》はのんきに言《い》う。

「気《き》にしすぎやぞシャオロン。まだはじまったばかりやないか」

「はじまったばっかでこれやぞ!?」

シャオロンはここ数日《すうじつ》のトラブルを並《なら》べあげる。

「入学早々《にゅうがくそうそう》、あやしい師団《バトラ》につかまり！　庭仕事《にわしごと》の手伝《てつだ》いで死《し》にかけ！　使《つか》い魔《ま》召喚《しょうかん》は大《だい》失敗《しっぱい》!!　お先真《さきま》っ暗《くら》すぎるやろ!?」

〝悪魔学校《バビルス》デビュー〟をねらったハズが、スタートダッシュで完全《かんぜん》に出遅《でおく》れた。

「僕《ぼく》は気《き》にしとらんけどなぁ」

大先生《だいせんせい》は、余裕《よゆう》の表情《ひょうじょう》で食事《しょくじ》を口《くち》に運《はこ》ぶ。

「なぜなら、入学《にゅうがく》してから新《あたら》しい彼女《かのじょ》が4人《にん》もできたから♡」

「……おまえの彼女軍団《かのじょぐんだん》、増減激《ぞうげんはげ》しない？」

UTU《ユーティーユー》 48《フォーティーエイト》は、見《み》るたびにメンバーがちがうことで有名《ゆうめい》だ。

すると――。

「よお。隣《となり》ええか？」

「あっ！　使《つか》い魔召喚《ましょうかん》のときの……！」

ランチの乗《の》ったトレーを持《も》って、ふたりの席《せき》に近《ちか》づいてきたのは、トントンだ。

召喚《しょうかん》したばかりの使《つか》い魔《ま》トンも、**ちょこん**と肩《かた》に乗《の》っている。

トントンのランチメニューは、なんと**魔《ま》トンカツ丼《どん》**。

いや、どう見《み》ても共食《ともぐ》い……だが、トントンはおいしそうにほおばっている。

「君《きみ》ら、ほんま災難《さいなん》やったなぁ。使《つか》い魔呼《まよ》べんと上《うえ》の位階《ランク》ねらうのキビしいやろ……」

「言《い》うなや……自分《じぶん》が一番《いちばん》わかっとんねん……」

トントンは励《はげ》ましたつもりなのだが、シャオロンはさらに落《お》ちこんだ。

「一体《いったい》どうしたもんか……。ここで、なにか一発逆転《いっぱつぎゃくてん》の策《さく》を練《ね》らんと、位階決定《ランクけってい》まで時間《じかん》がない……!!」

あせるシャオロンに、トントンが言《い》う。

「はじめは低位階《ローランク》でも、段階踏《だんかいふ》んで上《あ》げてけばええやん」

「そうこうしてる間《あいだ》に、他《ほか》のやつに先越《さきこ》されるやろ……**イルマとか!!**　俺《おれ》は目立《めだ》ちたいんや〜〜〜っ!!」

「ん〜……ほんなら……」

トントンは、魔《ま》トンカツをぱくりと口《くち》に入《い》れ、少《すこ》し考《かんが》えてから……。

「そや！　俺《おれ》の所属《しょぞく》してる師団《バトラ》に遊《あそ》びにおいでや!!」

そう提案《ていあん》した。

「エッ……」

「トントンの師団《バトラ》……？」

シャオロンと大先生《だいせんせい》の頬《ほお》に、イヤな汗《あせ》が流《なが》れる。

あの極悪非道《ごくあくひどう》な我々師団《われわれバトラ》との一件以来《いっけんいらい》、シャオロンたちはすっかり師団《バトラ》がトラウマになっていた。

「なんや、遠慮《えんりょ》することあらへんで！」

尻《しり》ごみするふたりの背中《せなか》を押《お》すように、トントンは肩《かた》を組《く》む。

「そこの先輩《せんぱい》たちが、また気《き》のいい悪魔《あくま》ばっかでな！　俺《おれ》もよう親切《しんせつ》にしてもらっとんねん。きっと、位階昇級《ランクしょうきゅう》についてもええアドバイスしてくれはると思《おも》うわ！」

そう言《い》って、にっこり笑《わら》った。

「ここで知《し》りあったのもなにかの縁《えん》やし、とことん応援《おうえん》したるで、シャオロン！」

シャオロンには、トントンが民衆《みんしゅう》を率《ひき》いる偉大《いだい》な革命家《かくめいか》のように見《み》えた。

「トントン……おまえ……！　なんて頼《たよ》りになる豚《ぶた》さんなんや!!　**入学《にゅうがく》してはじめて、**信頼《しんらい》できる仲間《なかま》ができたかもしれん！」

「え？　僕《ぼく》は？」

大先生《だいせんせい》がなにか言《い》った気《き》がするが、シャオロンは無視《むし》した。

（まったく、我々師団《われわれバトラ》にいる鬼畜《きちく》どもとは大《おお》ちがいや！　こんなええやつが所属《しょぞく》する師団《バトラ》なら、さぞかしマトモなところにちがいない!!）

――放課後《ほうかご》。トントンに連《つ》れられ、シャオロンと大先生《だいせんせい》は、教室《きょうしつ》から離《はな》れた薄暗《うすぐら》い廊下《ろうか》にやってきていた。

「さあ、上《あ》がってけ、上《あ》がってけ！」

トントンはとある部屋《へや》の前《まえ》で立《た》ち止《ど》まり、きしむドアを開《あ》ける。

「ここが俺《おれ》の所属《しょぞく》する――**我々師団《われわれバトラ》だ！**」

「おまえもか――――――――――――――――――い!!」

シャオロンから、最大声量《さいだいせいりょう》のツッコミが出《で》た。

うん、なんか嫌《いや》な予感《よかん》してたけどね！

「こんなゲス師団《バトラ》、人《ひと》に紹介《しょうかい》すんなや豚《ぶた》ア!!」

「ゲス!? なに、失礼《しつれい》なこと言《い》うとんねん!!」

トントンは必死《ひっし》に言《い》いかえす。

「ここの団長《だんちょう》は入学早々《にゅうがくそうそう》、飢餓状態《きがじょうたい》の俺《おれ》に飯《めし》くれた大恩人《だいおんじん》なんやぞ!」

「餌《え》づけされとるやないかい!!」

しっかりと悪徳業者《あくとくぎょうしゃ》の魔《ま》の手《て》にかかっている。

「いや、この師団《バトラ》にロクなやつおらへんぞ!! 俺《おれ》なんか、前《まえ》にショッピとかいうやつにヤバイ仕事《しごと》押《お》しつけられて、危《あや》うく死《し》にかけ……」

「んー? お客《きゃく》さんすか?」

むくり、とテーブルの裏《うら》から起《お》きあがったショッピと、目《め》が合《あ》う。

「おや〜〜〜?」

その瞬間《しゅんかん》、ショッピは、いいオモチャ見《み》〜つけた! というふうに笑《わら》った。

「シャオロンさんじゃないですかぁ！　あなたが来《く》るのを待《ま》ってたんですよ〜〜〜〜〜！」

「ギャー―――ッッ‼　来《く》るな悪魔《あくま》ー―――ッ‼」

シャオロンはすぐさま飛《と》びのく。

ショッピは、ニヤニヤしながらシャオロンににじり寄《よ》った。

「いやー、実《じっ》はまたシャオロンさんに頼《たの》みたい仕事《しごと》がありまして……」

「絶《ぜっ》ッ対《たい》やらんぞ！　俺《おれ》はもう二度《にど》とこんなとこ来《こ》ないって決《き》めとったんや‼」

「今度《こんど》はもっとカンタンなやつですよ？」

「ならおまえがやれや！　俺《おれ》は帰《かえ》る！」

ドアノブに手《て》をかけるシャオロンの背中《せなか》に、ショッピが言《い》う。

「へー……できないいんですねぇ」

ピタリ。シャオロンの手《て》が止《と》まる。

「トントンさんなら、チャチャッとやってくれるのに……」

漢《おとこ》、シャオロン。ここまでコケにされて、黙《だま》っていられるはずもなく――。

「**悩《なや》みがあるやつ全員来《ぜんいんこ》いや――ッ!!　シャオロン様《さま》がまとめてズバッと解決《かいけつ》したったるわ――ッ!!**」

シャオロンの大声《おおごえ》が食堂中《しょくどうじゅう》に響《ひび》きわたった。生徒《せいと》はみんなびっくりしている。

チョロすぎるシャオロンは、トントンとともに、食堂《しょくどう》の売店《ばいてん》の横《よこ》にブースを広《ひろ》げて呼《よ》びこみをしていた。ブースには大《おお》きく『**我々師団《われわれバトラ》　無慈悲《むじひ》なお悩《なや》み相談所《そうだんじょ》**』と書《か》かれている。

相談者《そうだんしゃ》のお悩《なや》みを聞《き》いて、それを解決《かいけつ》するという、我々師団《われわれバトラ》の主《おも》な活動《かつどう》のひとつだ。

「な、なんかスマンな……。おまえの悩《なや》みを聞《き》いてもらお思《おも》っとったのに、逆《ぎゃく》に……」

トントンは、すまなそうにする。

「いや、ええねん。むしろ、とことん利用《りよう》させてもらうわ」

売《う》り言葉《ことば》に買《か》い言葉《ことば》で乗《の》っかったが、これだってチャンスだ。

「今度《こんど》こそ、ここで俺《おれ》の株《かぶ》を上《あ》げて、バビルス中《じゅう》に俺《おれ》の名《な》をとどろかせたる……!!」

学園中《がくえんじゅう》のトラブルを解決《かいけつ》してまわったとあれば、おのずと評判《ひょうばん》も上《あ》がるはず!

ドーン
我々師団
ドドーン!
恋に勉学
トラブル・腹イタ
アナタの悩み
即解決!!
無慈悲な
お悩み相談所

と、そのとき。

「あの～……すみません……」

最初《さいしょ》の相談者《そうだんしゃ》があらわれた。

「好《す》きな子《こ》に告白《こくはく》できない？」

「はい……勇気《ゆうき》が出《で》なくて……」

両目《りょうめ》がかくれるほど長《なが》い前髪《まえがみ》の男子生徒《だんしせいと》・**マタロー**は、もじもじしながら言《い》った。

一発目《いっぱつめ》から、まさかの、**恋愛相談《れんあいそうだん》……！**

「いきなり恋愛系《れんあいけい》きたか～……」

シャオロンとトントン、どちらも恋愛経験《れんあいけいけん》はとぼしい。

「女子《じょし》のことなら大先生《だいせんせい》に聞《き》いたほうが……」

と言《い》いかけて、シャオロンはすぐに考《かんが》えなおす。

（……いや、絶対《ぜったい》ロクなことにならへんな）

相談者《そうだんしゃ》そっちのけで、相手《あいて》の女《おんな》の子《こ》を口説《くど》きだす大先生《だいせんせい》が目《め》に浮《う》かぶ。

（ダメだ、ダメだ！　他人《ひと》まかせはアカン。俺《おれ》が考《かんが》えるんや！）

自分《じぶん》の力《ちから》で解決《かいけつ》しなきゃ、意味《いみ》がない。

シャオロンは考《かんが》えた。

100％女《パーセントおんな》の子《こ》をほれさせる、悪魔《あくま》の告白《こくはく》とはどんなものか――……。

瞬間《しゅんかん》、脳内《のうない》に、パッとアイデアが浮《う》かんだ。あっと驚《おどろ》かせる、最高《さいこう》の演出《えんしゅつ》が。

「……おし。全部《ぜんぶ》、俺《おれ》にまかせとけ」

バン！　と机《つくえ》を手《て》で叩《たた》き、シャオロンはマタローの肩《かた》を抱《だ》く。

「明日《あした》の朝《あさ》、告白作戦決行《こくはくさくせんけっこう》や!!」

――夜《よる》。悪魔学校生徒会室《バビルスせいとかいしつ》では。

「……ふう。すっかり遅《おそ》くなってしまったな。そろそろ帰《かえ》り支度《じたく》を……」

生徒会長《せいとかいちょう》のアメリは、日暮《ひぐ》れまで学校《がっこう》に残《のこ》り、書類《しょるい》の束《たば》をまとめていた。

ふと、窓《まど》の外《そと》へ視線《しせん》を移《うつ》すと。

ローブを着《き》た、あやしい集団《しゅうだん》が目《め》に入《はい》った。フードを深《ふか》くかぶって、校舎内《こうしゃない》をコソコソと動《うご》きまわっている――。


「……おいおい、ホンマにやるんか？　怒《おこ》られるんとちゃうか？」

トントンは、フードの下《した》で声《こえ》をひそめた。

あやしい集団《しゅうだん》の正体《しょうたい》は、我々師団《われわれバトラ》。校舎内《こうしゃない》を目立《めだ》たず移動《いどう》するために、全員《ぜんいん》、ローブを用意《ようい》した。

「僕《ぼく》がその子《こ》に告白《こくはく》しちゃダメ？」と大先生《だいせんせい》がおどければ、「ダメですよ！」と、マタローは必死《ひっし》になる。

「どーなっても知《し》りませんよ〜」

なんて言《い》いながら、ショッピは楽《たの》しそうだ。

先頭《せんとう》を歩《ある》くシャオロンは、ばさりとローブをぬいだ。

「……ええねん。みんなの度肝抜《どぎもぬ》かしてやろうや」

それを合図《あいず》に、全員《ぜんいん》、背中《せなか》から羽《はね》を出《だ》す。

「**シャオロン流《りゅう》！　悪魔的告白《あくまてきこくはく》でな！**」

……その様子《ようす》を、アメリは窓《まど》から、だまって見《み》つめていた。

第5話 悪魔《あくま》の告白大作戦《こくはくだいさくせん》！

次《つぎ》の日《ひ》の朝《あさ》。

悪魔学校《バビルス》は、どえらいことになっていた！

「バ……悪魔学校《バビルス》の校舎《こうしゃ》が……!!」

「なんだこりゃああぁぁああッ!?」

学校《がっこう》のメインゲートには、デカデカと、ど派手《はで》なペンキでメッセージが書《か》かれていた。

「マリサちゃん大好《だいす》きです。つきあってください。　from《フロム》マタロー」

それは、メインゲートだけでなく。

「おっ……おい！　1年塔《ねんとう》のほうまでラクガキされてんぞ!!」

校舎《こうしゃ》の屋根《やね》から、植木《うえき》から……いたるところに愛《あい》のメッセージだらけ。

「告白《こくはく》……のつもりか!?　ヤバすぎる!」

生徒《せいと》たちは、前代未聞《ぜんだいみもん》の愛《あい》の告白《こくはく》にざわついた。

「だれだよ、一体《いったい》……こんな……こんな……!!」

「やっべ——ことする悪魔《あくま》はぁ!!　最《さい》ッ高《こう》にクールじゃねェか——ッ!!」

生徒《せいと》たちは、お祭《まつ》りさわぎだ。

悪魔《あくま》は、とにかく〝おもしろいこと〟が大好《だいす》きなのだ!

校舎《こうしゃ》にラクガキという、とんでもない

第《だい》5話《わ》　悪魔《あくま》の告白《こくはく》大作戦《だいさくせん》!

方法《ほうほう》で愛《あい》を伝《つた》えたマタローを、みんなが応援《おうえん》しはじめた。

……その反応《はんのう》を、シャオロンたちは遠巻《とおま》きに、満足《まんぞく》そうに見《み》ていた。

「……へへっ。つかみは上々《じょうじょう》やな！　悪魔学校《バビルス》校舎《こうしゃ》を使《つか》った、**愛《あい》の告白大作戦《こくはくだいさくせん》!!**」

そう言《い》うシャオロンは、体中《からだじゅう》ペンキだらけ。

もちろん、大先生《だいせんせい》、トントン、ショッピ、そしてマタローもだ。

「夜通《よどお》し作業《さぎょう》した甲斐《かい》があったぜ……！」

5人《にん》は家《いえ》にも帰《かえ》らず、一晩中《ひとばんじゅう》校舎《こうしゃ》の壁《かべ》を塗《ぬ》りつづけたのだ！

昨晩《さくばん》――。

「……ええか！　悪魔《あくま》はみんな、派手《はで》なことが大好《だいす》きや！　こんだけやってほれん女《おんな》なんか絶《ぜっ》ッ対《たい》おらへんわ!!」

シャオロンを筆頭《ひっとう》に、5人《にん》は校舎《こうしゃ》を塗《ぬ》りまくっていた。

高《たか》い屋根《やね》や木《き》の上《うえ》は、羽《はね》を使《つか》って飛《と》びながら。一番目立《いちばんめだ》つメインゲートはていねいに。

「……あっ！　大先生《だいせんせい》、自分《じぶん》の名前《なまえ》描《か》くなよ！」

ちゃっかり自分《じぶん》の告白《こくはく》に変《か》えようとした大先生《だいせんせい》は、シャオロンに叱《しか》られた。

ショッピは、バケツに入《はい》ったペンキを壁《かべ》にぶちまける。

「あーあ、こんな悪《わる》さして……。明日《あした》は先生方《せんせいがた》にメッッッタメタに怒《おこ》られちゃいますね
……**シャオロンさんが**」

「えっ」

たとえ魔界《まかい》とはいえ、校舎《こうしゃ》にラクガキは違反行為《いはんこうい》。

見《み》つかったらタダではすまないだろう。

「……なあ、ええんか自分《じぶん》？」

マタローの肩《かた》を、トントンがつかむ。

「こんな告白《こくはく》でホンマにええんか!?　イヤならイヤって、ちゃんと言《い》わなアカンで!!」

見《み》るからに内気《うちき》そうなマタローを心配《しんぱい》して、トントンは肩《かた》をゆさぶる。

「だだっ、大丈夫《だいじょうぶ》ですっ……！」

マタローは必死《ひっし》に首《くび》をふった。

「……ホントは、僕《ぼく》もこのぐらいの度胸《どきょう》をつけたかったんです。それに……我々師団《われわれバトラ》のみ

なさんが、ここまで手伝《てつだ》ってくださるなんて……僕《ぼく》、すごくうれしいんです！」

そう言《い》って、照《て》れたように笑《わら》った。

マタローの健気《けなげ》な姿《すがた》に、トントンの目《め》に涙《なみだ》が光《ひか》る。

「**相談者《そうだんしゃ》……!!**」

「マタローです」

「……よし！　それやったら俺《おれ》もひと肌《はだ》ぬがさしてもらうでー!!」

……そうして、協力《きょうりょく》して作《つく》りあげた告白大作戦《こくはくだいさくせん》。

ペンキまみれの5人《にん》は、決戦《けっせん》のときを待《ま》った。

「そろそろ通学《つうがく》ラッシュの時間《じかん》やな……」

ハリボテの植木《うえき》の裏《うら》にかくれ、**マリサちゃん**の姿《すがた》をさがす。

「……あ!! 来《き》ました!! あの子《こ》ですっ!」

マタローが、ひとりの女子生徒《じょしせいと》を指《さ》した。

ツインテールのかわいい女子悪魔《じょしあくま》が、校舎《こうしゃ》にむかって歩《ある》いてくる。

「あれか! よっしゃ!! さあ……校舎《こうしゃ》を見《み》ろ……! 見《み》たら絶対《ぜったい》、どんな女《おんな》もイチコロに――!」

シャオロンたちの前《まえ》を横切《よこぎ》ったマリサちゃんは――**手《て》をつないでいた。**

男子生徒《だんしせいと》とならんで、仲《なか》よくおしゃべりしながら登校《とうこう》していたのだ。

その姿《すがた》は、まさに初々《ういうい》しいカップルそのもの。

「………」

シャオロンたちは、ぼうぜんと、マリサちゃんとその彼氏《かれし》を見送《みおく》ることしかできなかった。

「えっ!?」

「**え……あれ、私《わたし》のこと!?**」

当然《とうぜん》、校舎《こうしゃ》を見《み》たマリサちゃんはびっくり。

イチコロに――…

……マタローは、声《こえ》も出《だ》せず、じっと立《た》ちつくしていた。

かわりに、シャオロンがつぶやく。


「……あー……。彼氏《かれし》、おったんやな……」


「……はぁ～。絶対《ぜったい》いけると思《おも》ったんやけどなぁ……」

水《みず》を吸《す》わせたモップで、メインゲートのペンキを落《お》としながら、シャオロンは深《ふか》いため息《いき》をつく。

「相手《あいて》がいるんじゃ、しゃーないか……」

ゴシゴシ。

徹夜《てつや》で仕上《しあ》げた告白《こくはく》も、今《いま》ではただのペンキのよごれだ。

作戦《さくせん》は悪《わる》くなかったと思《おも》う。……でも、うまくいかなかった。

こういうこともあるんや、と割《わ》りきろうと思《おも》っても、やっぱり少《すこ》し切《せつ》ない。

「は〜、案《あん》の定《じょう》、先生《せんせい》にもこっぴどく叱《しか》られてもーたし。結局《けっきょく》また俺《おれ》の評価《ひょうか》はだだ下《さ》がり
……」

すると、そこに。

「手伝《てつだ》いに来《き》たで〜」

「なんで僕《ぼく》まで！　僕《ぼく》はデートの約束《やくそく》が〜……ッ！」

あばれる大先生《だいせんせい》を引《ひ》きずりながら、トントンが飛《と》んできた。

「なんや、おまえら！　俺《おれ》ひとりでいい言《い》うたやろ……！」

「……シャオロンさんが言《い》うほど、悪《わる》いことばかりでもないですよ」

いつの間《ま》にか、メインゲートの上《うえ》に、ショッピも座《すわ》っていた。

「相談者《そうだんしゃ》は、すごく感謝《かんしゃ》してたじゃないですか。我々師団《われわれバトラ》に」

……たしかに、マタローは、度胸《どきょう》がついたと喜《よろこ》んでいた。

失恋《しつれん》から立《た》ちなおるには、まだ少《すこ》し時間《じかん》がかかるだろうが、この告白《こくはく》にも意味《いみ》はあったのかもしれない。

「いやぁ。うちの師団《バトラ》が素直《すなお》な感謝《かんしゃ》の言葉《ことば》をもらえるなんていつぶりか……。やっぱり、シャオロンさんうちの師団《バトラ》、むいてますね……！」

「なっ……な！　おっ、おだてたってそうはいかへんぞ!!　水《みず》くんでくるっ!!」

シャオロンは、あわててバケツをひっつかんだ。

（危《あや》うく、また乗《の》せられるとこやった……。やっぱり、この師団《バトラ》に関《かか》わるとロクなことがな――）

「ずいぶん派手《はで》にやったものだな」

その声《こえ》に、シャオロンは顔《かお》をあげる。

そこにいたのは――。

「……ラクガキの主犯《しゅはん》はおまえか」


アッ……アアアアアアアメリ会長《かいちょう》〜〜〜〜〜!?

シャオロンのあこがれ、生徒会長《せいとかいちょう》アザゼル・アメリその人《ひと》であった。

「あっ……あああああのあのあの……」

終《お》わった。絶望《ぜつぼう》。

(ヤバイ……完全《かんぜん》に目《め》をつけられた……。怒《おこ》られる!! どうしよう。これじゃもう、俺《おれ》……生徒会《せいとかい》に入《い》れてもらえんくなってまう——!!)

アメリの手《て》が、スッとシャオロンに伸《の》び——。

ポン、と肩《かた》を叩《たた》かれた。

「おもしろかった。ひとりの生徒《せいと》の悩《なや》み相談《そうだん》に乗《の》ってやったそうだな。悪魔学校《バビルス》の悪魔《あくま》の名《な》に恥《は》じぬ告白《こくはく》だったぞ」

たったそれだけ告《つ》げると、アメリは校舎《こうしゃ》の中《なか》へ消《き》えていった。

水《みず》をくんで戻《もど》ったシャオロンは、モップを手《て》に取《と》ると、勢《いきお》いよく壁《かべ》にこすりつけた。

「……おう。おまえら!! なに、ちんたらやっとんねんっ! もっと気合《きあ》い入《い》れてけや!」

面白《おもしろ》かった
ぽん

突然元気《とつぜんげんき》になったシャオロンに、トントンと大先生《だいせんせい》は目《め》をぱちくり。

「急《きゅう》にどうした、アイツ……？」

アメリ会長《かいちょう》の言葉《ことば》を、シャオロンは何度《なんど》も頭《あたま》の中《なか》でくりかえした。

その言葉《ことば》は——作戦《さくせん》の失敗《しっぱい》も、これまでの憂鬱《ゆううつ》も、一瞬《いっしゅん》ですべて吹《ふ》きとばしてしまった。

こんなええことがあるんなら……。

もうちょっと我々師団《われわれバトラ》でがんばるのも、悪《わる》くないかもな!!

……なんて、思《おも》ってしまうほど。

しかし——現実《げんじつ》はそう甘《あま》くない。

「……会長《かいちょう》、我々師団《われわれバトラ》とかいう**非公認師団《ひこうにんバトラ》**からまた申請《しんせい》がきてますが……」

生徒会役員《せいとかいやくいん》のザガンは、『**公認《こうにん》して♡　我々師団《われわれバトう》ぐるっぺん**』と書《か》かれた手紙《てがみ》を見《み》て顔《かお》をしかめた。

「無視《むし》しろ。まったく、あんな**不届《ふとど》き師団《バトラ》**に所属《しょぞく》する者《もの》の気《き》が知《し》れんな……」

アメリは、あきれたようにため息《いき》をつく。
……野望《やぼう》への道《みち》のりは険《けわ》しい。
がんばれ、シャオロン!!

第6話 超凶悪《ちょうきょうあく》なヤベー悪魔《あくま》

シャオロンたちが、悪魔学校《バビルス》に入学《にゅうがく》して数日《すうじつ》——。
一年生《いちねんせい》は、最初《さいしょ》のオリエンテーション期間《きかん》や、使《つか》い魔召喚《ましょうかん》の授業《じゅぎょう》を経《へ》て、生活態度《せいかつたいど》や悪《あく》魔《ま》としての基礎能力《きそのうりょく》を教師陣《きょうしじん》にジャッジされる。
そこでの評価《ひょうか》をふまえたうえで、正式《せいしき》に、**クラス分《わ》け**が発表《はっぴょう》されるのである!!

——そしてついにおとずれた、クラス分《わ》け発表《はっぴょう》の日《ひ》。

生徒《せいと》たちでごった返《がえ》すなか、シャオロンも背伸《せの》びして、廊下《ろうか》の掲示板《けいじばん》をのぞきこむ。

「ん？　あれは……」

掲示板《けいじばん》の真《ま》ん中《なか》。

ひとつだけ、やたらと目立《めだ》つ**額縁《がくぶち》つきで貼《は》りだされたクラス**がある。

「あれが、**問題児《アブノーマル》クラス**か……」

生徒《せいと》たちが、ヒソヒソうわさする声《こえ》が聞《き》こえた。

「主席《しゅせき》のアスモデウスがいる！」

「入学早々《にゅうがくそうそう》、教師《きょうし》にケンカ売《う》った**サブノック・サブロ**も問題児《アブノーマル》クラスだってよ」

「危険度《きけんど》MAX《マックス》のヤベー悪魔《あくま》ばっかりが入《い》れられるクラスがあるって、本当《ほんとう》だったんだな……！」

問題児《アブノーマル》クラス――（いろいろな意味《いみ》で）目立《めだ》つヤツばかりのクラスである。

（それって……**めっっっっっちゃ俺《おれ》にふさわしいクラスやん……!!**）

シャオロンは確信《かくしん》した。自分《じぶん》が入《はい》るなら、問題児《アブノーマル》クラス以外《いがい》ありえない！

（なんたって、俺《おれ》はあの悪魔学校《バビルス》校舎《こうしゃ》ラクガキ事件《じけん》の主犯《しゅはん》！　あそこまで派手《はで》に悪行《あくぎょう》かましたやつなんて、問題児《アブノーマル》クラスの中《なか》でもそうはおらんやろ！）

静《しず》かに目《め》を閉《と》じる。

……大先生《だいせんせい》、トントン。おまえらと同《おな》じクラスになれへんのは残念《ざんねん》やけど……。

俺《おれ》はひとり！　問題児《アブノーマル》クラスでさらなる高《たか》みを目指《めざ》していくぜ――！

カッと目《め》を見開《みひら》き、問題児《アブノーマル》クラスの名前《なまえ》を上《うえ》から順《じゅん》に確認《かくにん》……！

そこに、元気《げんき》よくトントンが走《はし》ってきた。

「お～～い！　やったなシャオロン！　俺《おれ》たちみんなおんなじ**D《ディー》クラス**だったぞ～～！」

「**ちゃうんかい!!**」

シャオロンは勢《いきお》いよく頭《あたま》を床《ゆか》に打《う》ちつけた。

「なんでや!!　俺《おれ》ごっつい問題起《もんだいお》こしとったやろ!!　なんであの地味《じみ》な女《おんな》が問題児《アブノーマル》で、なんで俺《おれ》が普通《ふつう》やねん!!」

先《さき》ほどから、「あの子《こ》、問題児《アブノーマル》クラスなの!?」とささやかれている、丸《まる》メガネのおとなしそうな女子《じょし》。

クロケル・ケロリはれっきとした〝問題児《アブノーマル》〟なのだが、彼女《かのじょ》のヒミツはまた今度《こんど》……。

「**あら、かわいい子《こ》ちゃん！　僕《ぼく》、あいさつしてきちゃお♡**」と、大先生《だいせんせい》がさっそく口説《くど》きにいく。

「**俺《おれ》は認《みと》めへんぞ〜〜〜〜!!**」

床《ゆか》の上《うえ》をじたばたあばれるシャオロンを、トントンが取《と》りおさえる。

「何歳《なんさい》やねんおまえ。ほら、教室《きょうしつ》行《い》くぞ！　……**おまえはナンパすな！**」

ついでに、大先生《だいせんせい》も引《ひ》きはがされた。

トントンに引《ひ》きずられながら、シャオロンは、掲示板《けいじばん》の前《まえ》にイルマの姿《すがた》を見《み》た。

問題児《アブノーマル》クラスに選《えら》ばれ、目立《めだ》ちすぎている自分《じぶん》の名前《なまえ》に頭《あたま》をかかえている。

その余裕《よゆう》っぷりに、くやしくなる。

（……いつか！　おまえを超《こ》える人気者《にんきもの》になったるからな!!）

「**首《くび》洗《あら》って待《ま》っとけよ、イルマ!!**」

「お手《て》洗《あら》い行《い》ってくるわ。シャオロン、先《さき》に教室《きょうしつ》行《い》っといてやー」

めちゃくちゃ目立ってる～
特待生《とくたいせい》…！
おんなじクラスー！
あいつも問題児《アブノーマル》クラスなんか…
………！
ギリ…
…いつか！
お前《まえ》を超《こ》える人気者《にんきもの》になったるからな!!
首洗《くびあら》って待《ま》っとけよ!!
イルマ!!

「はーい……」

教室《きょうしつ》にむかう途中《とちゅう》、トントンと大先生《だいせんせい》がトイレに消《き》えていくのを、シャオロンはつまらなそうに見送《みおく》った。

(……まあいい。俺《おれ》はこんなことでへこたれんぞ……!)

クラス分《わ》けで一気《いっき》にモチベーションが下《さ》がったが、ここでくじけるわけにはいかない。

1年D組《ねんディーぐみ》のドアを、勢《いきお》いよく開《あ》ける。

(まずはこの平凡《へいぼん》なクラスで、1番《ばん》の悪魔《あくま》になってみせるぜ――!!)

クラスメイトたちが、おしゃべりしたり、本《ほん》を読《よ》んだり、自由《じゆう》にすごしているなか。

シャオロンはドカッと席《せき》に座《すわ》ると、机《つくえ》に靴《くつ》のまま脚《あし》を置《お》いた。

(手《て》はじめに……。**ヤベーやつオーラ**を出《だ》して、まわりを威圧《いあつ》するところから……)

視線《しせん》は、じろりとにらみつけるように。ワルっぽく。

……まわりから見《み》ると実《じつ》に小物《こもの》っぽいが、シャオロンは精《せい》いっぱい強《つよ》さを演出《えんしゅつ》しているのだ。

「ねえ、聞《き》いた? このクラスにさ……『**問題児《アブノーマル》クラス行《い》き確実《かくじつ》**』って言《い》われてた、**ヤ**

ベー悪魔《あくま》がひとりいるんだって……！」

男子生徒《だんしせいと》ふたりが話《はなし》をしているのを聞《き》きつけると、すぐさまシャオロンはふたりの前《まえ》の席《せき》に陣《じん》どった。

そして、ニヤリと笑《わら》ってふたりをふりかえる。

「呼《よ》んだか？」

「えっ、だれ……」

「今《いま》、俺《おれ》のウワサ話《ばなし》しとったやろ」

「……だれ？」

ふたりは、けげんな顔《かお》でシャオロンを見《み》ている。

「〝**ヤベー**〟悪魔《あくま》……？　そんな感《かん》じしないけど……」

三本《さんぼん》ヅノの男子生徒《だんしせいと》が、困《こま》ったように言《い》う。

「**アン？**　自分《じぶん》、目《め》ェ腐《くさ》っとるんとちゃうか……見《み》るからにヤベーやろがい！」

「えっ、じゃあ……本当《ほんとう》に君《きみ》があの……！」

もうひとりの生徒《せいと》が乗《の》り気《き》になると、シャオロンは満足《まんぞく》そうにうなずく。

「凶悪《きょうあく》で」

「おう」

「カリスマ性《せい》があって」

「せやせや」

「仲間《なかま》にも容赦《ようしゃ》しない戦闘狂《せんとうきょう》で」

「せや……？」

戦闘狂《せんとうきょう》？　そこまであばれまわった覚《おぼ》えはないけど……。

「人呼《ひとよ》んで、〝**這い寄る脅威**《カオス・クリーパー》〟!!」

「……？」

え……。

そんなん呼《よ》ばれとったっけ……？

身《み》に覚《おぼ》えがない。

一方《いっぽう》、男子生徒《だんしせいと》ふたりは盛《も》りあがっている。

「いや〜！　悪魔《あくま》は見《み》かけによらないな！」

「じゃあアレ見《み》せてくれよ！　君《きみ》の家系能力《かけいのうりょく》の**爆《ばく》弾《だん》**――」

その瞬間《しゅんかん》――教室内《きょうしつない》がカッと明《あか》るくなった。

ドカアン!!

耳《みみ》をつんざく爆発音《ばくはつおん》。突如《とつじょ》、教室《きょうしつ》の入口《いりぐち》が爆破《ばくは》で吹《ふ》っとんだ。

「……!?」

爆風《ばくふう》に吹《ふ》きとばされながら、シャオロンは見《み》た。

入口《いりぐち》に立《た》つ、**緑色《みどりいろ》の悪魔《あくま》の姿《すがた》を**――。

「……はい！　ど――――もみなさん!!　ゾムで――――す!!　オレのクラス、ここで合《あ》って

るぅ!?」

あらわれたのは、D《ディー》クラスの問題児《もんだいじ》――**ボンベ・ゾム**だ。

「扉《とびら》の立《た》てつけ悪《わる》かったから、吹《ふ》きとばしといたで!! これで通《とお》りやすくなったやろ!」

ゾムは、緑色《みどりいろ》のつないぎの上《うえ》に、フードつきのマントをかぶった男子生徒《だんしせいと》。

導火線《どうかせん》のような長《なが》いしっぽ。顔面《がんめん》の上半分《うえはんぶん》は、認識阻害《にんしきそがい》の魔術《まじゅつ》がかかっているらしく真《ま》っ暗《くら》だ。

とがった歯《は》が並《なら》ぶ口元《くちもと》は満面《まんめん》の笑《え》み。それでいて、手《て》には**TNT《ティーエヌティー》爆弾《ばくだん》の箱《はこ》**をかかえているのだから、ぞっとする。

「これからよろしくな! さっそく、オレといっしょに遊《あそ》ぼ……」

しーん……。

クラスメイトたちは全員爆発《ぜんいんばくはつ》に巻《ま》きこまれ、床《ゆか》に倒《たお》れて動《うご》けなくなっていた。

すると、ゾムは突然《とつぜん》すすり泣《な》きはじめる。

「なんで……なんでだれも目《め》ェ合《あ》わせてくれへんのや……。オレのこと嫌《きら》いなん

ゾムでー－す!!
オレのクラス
ここで
合《あ》ってるぅ!?
ボンベ・ゾム
D《ディー》クラスの1年生《ねんせい》

かーーーーー!?」

無茶言《むちゃい》うな……と、倒《たお》れている全員《ぜんいん》が思《おも》った。

「結局《けっきょく》、ここでも同《おな》じか……。だれもオレと遊《あそ》んでくれへん。オレはまたひとりぼっち……!!」

ゾムは、ひざをかかえて涙《なみだ》をぬぐった。

「ケホッ……。いててて……なんや、なにが起《お》きた……!? 教室《きょうしつ》が……」

シャオロンは、がれきの下《した》からなんとか起《お》きあがる。

顔《かお》をあげると、うれしそうに笑《わら》っているゾムと目《め》が合《あ》った。

「……**おまえ! オレと遊《あそ》んでくれるんか!?**」

「え？」

はい、とゾムから手渡《てわた》されたのは――**爆弾《ばくだん》**。しかも、着火済《ちゃっかず》み。

ジリジリ短《みじか》くなっていく導火線《どうかせん》に、シャオロンはぎょっとする。

「ギャッ!? なんやコレ……!!」

「**爆弾《ばくだん》ゲーーム!!** 爆発《ばくはつ》したとき、持《も》っとったほうが負《ま》けな!!」

〝爆弾《ばくだん》〟という言葉《ことば》に、ハッとする。

まさか……!!

コイツが例《れい》のヤベー悪魔《あくま》……〝**這い寄る脅威**《カオス・クリーパー》〟!?

第7話 ぎすぎす飛《ひ》行《こう》試験《レース》

ああ、なんで……俺《おれ》はこうも運《うん》がないんや……。
またしても。またしても……!!
ヤベー悪魔《ヤツ》に目《め》をつけられた……!!

シャオロンの脳内《のうない》を、絶望《ぜつぼう》がかけめぐる。

ゾムは、にこにこ笑《わら》って爆弾《ばくだん》を指《ゆび》さす。

「爆弾《ばくだん》、よこさへんの？」

「えっ？」

「はよ回《まわ》さんと爆発《ばくはつ》するで〜〜」

見《み》れば、導火線《どうかせん》がもうわずかしか残《のこ》っていない。

「ギャアアアア――――!? どっ、どないしょ、とりあえず外《そと》――!!」

教室《きょうしつ》の外《そと》へ力《ちから》いっぱい投《な》げつけると、間一髪《かんいっぱつ》、廊下《ろうか》で爆発《ばくはつ》した。

「はーっ、はーっ……!!」

「あー、どこ投《な》げとんねん。爆弾《ばくだん》ゲームのルール知《し》らんの？　それならそうと、早《はや》く言《い》ってくれりゃええのに！」

ゾムはのんきに言《い》って、新《あたら》しい爆弾《ばくだん》を取《と》りだす。

「じゃ、もっかい最初《さいしょ》から……」

「やらんわ!! 遊《あそ》び道具《どうぐ》ちゃうやろこんなん!!　死人《しにん》が出《で》たらどーすんねん……」

「その通《とお》り」

立《た》ちこめる煙《けむり》の中《なか》からあらわれたのは、シャオロンが入学以来《にゅうがくいらい》、**何度《なんど》もお世話《せわ》になっているブルシェンコ先生《せんせい》**だった。

……あれ。先生《せんせい》、今《いま》、爆弾投《ばくだんな》げた方角《ほうがく》から来《こ》なかった？

ズバ――ン…
私《わたし》は痛《いた》みを軽《かろ》んじる者《もの》が
大嫌《だいきら》いだ
え……
もしかしてDクラス《ディー》の担任《たんにん》て…
シュウウウ…

「**私《わたし》は、痛《いた》みを軽《かろ》んじる者《もの》が大嫌《だいきら》いだ**」

少《すこ》し焦《こ》げた体《からだ》で、ブルシェンコ先生《せんせい》がギロリとにらむ。

（やべ……めっちゃ怒《おこ》ってる……!?）

先生《せんせい》は右手《みぎて》をかざすと、またたく間《ま》に自分《じぶん》の傷《きず》をいやした。

ブルシェンコ先生《せんせい》の家系能力《かけいのうりょく》、『**半永久《ヒール》**』は、魔力《まりょく》が続《つづ》く限《かぎ》り、傷《きず》や物《もの》を修復《しゅうふく》できる能《のう》力《りょく》。ただし、痛《いた》いものは痛《いた》い。

「え……もしかして、D《ディー》クラスの担任《たんにん》て……」

（**この先生《せんせい》か――!!**）

最初《さいしょ》の居眠《いねむ》り事件《じけん》から、この間《あいだ》の校舎《こうしゃ》ラクガキ事件《じけん》まで、事《こと》あるごとにブルシェンコ先《せん》生《せい》からお叱《しか》りを受《う》けてきたシャオロン。

正直《しょうじき》、気《き》まずい……！

そこにちょうど、トントンと大先生《だいせんせい》がトイレからもどってきた。

ふたりは、破壊《はかい》された教室《きょうしつ》を見《み》てあきれたように言《い》う。

「おまえ、俺《おれ》らのいない間《あいだ》になにしとんねん……」

「俺《おれ》やない！　**コイツ、コイツ!!**」

シャオロンは、必死《ひっし》にゾムを指《ゆび》さす。

「トイフェル・シャオロン、ボンベ・ゾム……教室《きょうしつ》を破壊《はかい》し、教師《きょうし》と生徒《せいと》らに危害《きがい》を加《くわ》えた罪《つみ》は**万死《ばんし》に値《あたい》する**。……が、処罰《しょばつ》はあとだ。授業《じゅぎょう》の進行《しんこう》に差《さ》しつかえるのでな」

ブルシェンコ先生《せんせい》が手《て》をかざすと、ボロボロだった教室《きょうしつ》も、傷《きず》だらけの生徒《せいと》たちも、たちまち元通《もとどお》りになった。

「おまえたちには、このあとすぐ……悪魔学校《バビルス》の由緒正《ゆいしょただ》しき伝統行事《でんとうぎょうじ》、**飛行試験《ひこうレース》**に臨《のぞ》んでもらう」

飛行試験《ひこうレース》という言葉《ことば》に、教室内《きょうしつない》がざわつく。

1年生《ねんせい》たちはよく知《し》っている。

この飛行試験《ひこうレース》の成績《せいせき》は、位階《ランク》に直結《ちょっけつ》するのだ。

（きた……ついに!!　前回《ぜんかい》の使《つか》い魔召喚《ましょうかん》と今回《こんかい》の試験《しけん》の成果《せいか》で、俺《おれ》たちの位階《ランク》が決《き》まる……**今度《こんど》こそ絶対《ぜったい》に失敗《しっぱい》できへん!!**）

シャオロンも、他《ほか》の生徒《せいと》たちと同《おな》じく力《ちから》が入《はい》る。

「それにあたり、まずは――近《ちか》くにいる者《もの》と二人一組《ペア》をつくりなさい」

近《ちか》くの者《もの》と……二人一組《ペア》？？

真横《まよこ》を見《み》る。

「おっ。よろしくな、相棒《あいぼう》!!」

にっこり笑顔《えがお》のゾムがいる。

「ないないないコイツだけは絶《ぜっ》ッ対《たい》ない!!　トントン!!　俺《おれ》とペア組《く》んでく……」

だが、時《とき》すでに遅《おそ》し。

早《はや》くも、大先生《だいせんせい》とトントンがペアを組《く》んでいるではないか。

「**だ――――ッ!!　大先生《だいせんせい》そこ代《か》われやあああああああ**」

「……よし。全員決《ぜんいんき》まったようだな」

シャオロンにおかまいなく、ブルシェンコ先生《せんせい》が合図《あいず》を出《だ》す。

「それでは早速《さっそく》、試験会場《しけんかいじょう》まで移動《いどう》する。各自《かくじ》、速《すみ》やかに行動《こうどう》し

たまえ」

ゾムはシャオロンの肩《かた》を抱《だ》くと、「ハ――イ」と元気《げんき》よく返事《へんじ》した。

ショックのあまり遠《とお》のく意識《いしき》のなかで、シャオロンは叫《さけ》んだ。


「ち……チェンジィイイ――――ッ!!」


飛行試験《ひこうレース》のスタート地点《ちてん》は、学校裏《がっこううら》の高台《たかだい》だ。

落《お》ちたら即死《そくし》まちがいなしの深《ふか》い谷《たに》があり、針《はり》のような岩山《いわやま》が、いくつもそびえたっている。

「試験《レース》の内容《ないよう》はいたってシンプルだ」

ブルシェンコ先生《せんせい》は、地図《ちず》の描《か》かれたボードを使《つか》って説明《せつめい》する。

「ここから、ゴール地点《ちてん》である谷底《たにぞこ》の旗《はた》までタイムを競《きそ》う」

すると、トントンが「先生《せんせい》～」と手《て》をあげた。

「飛行試験《ひこうレース》は本来《ほんらい》、個人戦《こじんせん》だって聞《き》いたんですけど……今回《こんかい》はなんでペア？」

「安全《あんぜん》への配慮《はいりょ》のためだ。例年《れいねん》、コースのひとつとなっている『金剪の谷《カナキリのたに》』だが……今年《ことし》はなぜか谷《たに》の『長《オサ》』である怪鳥《かいちょう》の気《き》が立《た》っており、危険区域《きけんくいき》のため、今《いま》は**立入禁止**《たちいりきんし》となっている」

例年《れいねん》は一本道《いっぽんみち》だったが、今年《ことし》は金剪《カナキリ》の谷《たに》を避《さ》け、ジグザグのルートを進《すす》むことになった。

「したがって……私《わたし》の判断《はんだん》で、このクラスではペアをつくり、金剪《カナキリ》の谷《たに》へ侵入《しんにゅう》することのないよう、たがいを監視《かんし》しあってもらいたい……というわけだ。うかつに踏《ふ》みいろうものなら、**命《いのち》の保証《ほしょう》はできぬからな**」

釘《くぎ》を刺《さ》すように、ブルシェンコ先生《せんせい》が生徒《せいと》たちを見回《みまわ》す。

（ボクの命《いのち》は、かえって危険《きけん》にさらされてるんですが、それは……）

ゾムという〝**味方最大《みかたさいだい》の脅威《きょうい》**〟をかかえたシャオロンは、白目《しろめ》をむいた。

「……さあ、説明《せつめい》は以上《いじょう》。これより、試験《レース》を開始《かいし》する！　全員《ぜんいん》、翼《つばさ》を広《ひろ》げたまえ」

ブルシェンコ先生《せんせい》がパンと手《て》を打《う》つと、生徒《せいと》たちは全員《ぜんいん》、羽《はね》を広《ひろ》げて位置《いち》についた。

「準備《じゅんび》はいいかね。――**用意《ようい》、スタート!!**」

トントン&ウッチーム

「いくぞ、大先生《だいせんせい》!! おたがい、ええ結果《けっか》残《のこ》せるように全力《ぜんりょく》で――」

トントンが、ペアの大先生《だいせんせい》のほうをふりむくと……。

「**美《うつく》しいお嬢《じょう》さん……。僕《ぼく》とペアを組《く》みなおさないか?**」

光《ひかり》の速《はや》さで、クラスメイトの女子《じょし》を口説《くど》いている。

どこで手《て》に入《い》れたのか、お花《はな》までプレゼント。

「**待《ま》て待《ま》て待《ま》て――いッ!!** なにしとんねん、大先生《だいせんせい》! 今《いま》そんなことやっとる場合《ばあい》とちゃうやろ!」

「そんなこと……?」

大先生《だいせんせい》は、心外《しんがい》だというようにトントンに指《ゆび》をつきつける。

「黙《だま》れ！　僕《ぼく》のペアには美女《びじょ》こそがふさわしいんだ！　まちがっても野獣《ブタ》じゃない！」

「**クズッッ!!**」

トントンは絶句《ぜっく》するが、ここでくじけてなるものか。

「ええんか、大先生《だいせんせい》……おまえ、使《つか》い魔召喚《ましょうかん》もボロボロやったやろ。このままだと、飛行試験《ひこうレース》も**ドンケツ**やぞ〜。ええんか〜？　最低位階《さいていランク》の悪《あく》魔《ま》は、いくらイケメンだろうが**モテへんぞ〜〜！**」

次《つぎ》の瞬間《しゅんかん》、大先生《だいせんせい》が勢《いきお》いよくトントンを追《お》いぬいた。

「なにボサッとしとんねん、トントン！　置《お》いてくぞ!!」

（うわぁ……扱《あつか》いやすぅ……）

いい加減《かげん》、大先生《だいせんせい》の操縦《そうじゅう》にも慣《な》れてきたトントンである。

シャオロン&ゾムチーム

「……くっそ！　遅《おく》れ取《と》ったわ！　俺《おれ》もモタモタしてられへん！」

トントンたちのさらに後《うし》ろを、シャオロンは飛《と》んでいた。

後《うし》ろからついてくるゾムに、最初《さいしょ》に釘《くぎ》を刺《さ》す。

「ええか、ゾム！　これ終《お》わったらいくらでも遊《あそ》びにつきあったるから！」

「えっ、マジで？」

「だから、邪魔《じゃま》すんなよ！　俺《おれ》は絶対《ぜったい》、1位獲《いと》らな後《あと》がないねん！　おまえも、高位階《ハイランク》になりたきゃ、俺《おれ》に協力《きょうりょく》しろ！」

「おう！　わかったぜ、相棒《あいぼう》！」

すんなりうなずいたゾムに、シャオロンは拍子抜《ひょうしぬ》けした。

(あれ？　なんや、思《おも》ったより素直《すなお》やな……。意外《いがい》と話通《はなしつう》じるんか？　もしかして俺《おれ》……ビビリすぎてこいつのこと誤解《ごかい》しとるのかも……)

ただの戦闘狂《せんとうきょう》かと思《おも》いきや、素直《すなお》なやつなのかもしれない。

(案外俺《あんがいおれ》たち……けっこういいコンビになれるんちゃうか……)

なんて、安堵《あんど》した矢先《やさき》。

「なーなー、シャオロン～……**ケツに爆弾《ばくだん》ついとるで**」

「えっ……?」

ゾムがニヤニヤしながら指《ゆび》さしたのは、シャオロンの尻《しり》ポケット。

シューシューと音《おと》を立《た》てているのは、小《ちい》さなダイナマイトだ。


ドッカーーーン!!


「だあああああ!?」

尻《しり》を押《お》さえながら落下《らっか》するシャオロンは、ゾムのおぞましい笑顔《えがお》を見《み》た。

「**ヒャヒャヒャヒャヒャヒャ!!**」

悪魔《あくま》の手本《てほん》のようなゾムの高笑《たかわら》いが、谷底《たにぞこ》にこだまする。

やっぱダメや、コイツ!!
こんなやつとペア組《く》んで1位目指《いめざ》さなアカンとか。
そんなん……そんなんもう……。
完《かん》ッッッ全《ぜん》に無理《むり》ゲーやん!!

第8話 遊《あそ》び相手《あいて》

飛行試験《ひこうレース》のゴール地点《ちてん》では、ブルシェンコ先生《せんせい》が待機《たいき》していた。

「……さて。果《は》たして、全員無事《ぜんいんぶじ》に到着《とうちゃく》できるか……。今年《ことし》は危険《きけん》な金剪《カナキリ》コースがないとは言《い》え、囀《さえず》り谷《だに》のほうにも数々《かずかず》のトラップが設置《せっち》されているからな……」

大《おお》きなモニターに映《うつ》った地図《ちず》を確認《かくにん》しながら、不安《ふあん》がよぎる。

「何事《なにごと》もなく終《お》わるとよいが……」

ひとまずは、生徒《せいと》たちの様子《ようす》を見《み》よう。

案外《あんがい》、今年《ことし》のD《ディー》クラスは優秀《ゆうしゅう》な生徒《せいと》たちかもしれない！

そんな期待《きたい》をこめて、ブルシェンコ先生《せんせい》は中継《ちゅうけい》モニターのチャンネルを、ライブ映像《えいぞう》に切《き》りかえた。

「**だずげでえええええええ……トンちゃあああ〜〜〜〜ん!**」

見事《みごと》に肉食《にくしょく》魔植物《ましょくぶつ》につかまった大先生《だいせんせい》は、涙《なみだ》と魔植物《ましょくぶつ》の粘液《ねんえき》でべしょべしょになっている。

渓谷《けいこく》のスキマに、情《なさ》けない大先生《だいせんせい》の悲鳴《ひめい》が響《ひび》く。

「**ええええん!!**」

「**食《た》べられぢゃう〜〜〜〜!!**」

「あーあー……ひとりでつっこむからやぞ……!」

トントンはしかたなく降《お》りていき、大先生《だいせんせい》に手《て》を伸《の》ばす。

「ホラ、つかまれ、大《だい》せん……」

大先生《だいせんせい》は、トントンがさしのべた手《て》をガシッとつかむと。

「キミたち!! 僕《ぼく》よりコイツのほうがおいしいよ!! 国産《こくさん》だよ!! さあお食《た》べ!!」

魔植物《ましょくぶつ》に身代《みが》わりとして差《さ》しだそうとする。

「おまえッ……！　謀《たばか》りよったなァ!?」

自分《じぶん》が助《たす》かるためなら、仲間《なかま》をも犠牲《ぎせい》にする。これがレイラー・ウツである。

「はなさんかボケェエエ！」

トントンのどなり声《ごえ》がひびき、中継画面《ちゅうけいがめん》の一発目《いっぱつめ》で、ブルシェンコ先生《せんせい》のかすかな希望《きぼう》は打《う》ちくだかれた。

（死傷者《ししょうしゃ》が出《で》るな、これは……）

ちょっと胃《い》が痛《いた》くなった。

（……しかし、一番《いちばん》不《ふ》安《あん》なのはあのあばれんぼう二人組《ペア》だが……。そもそも、ちゃんと試験《レース》に臨《のぞ》んでいるのか……？）

すでに胃《い》に穴《あな》が開《あ》きそうになりながら、チャンネルを切《き》りかえた。

シャオロン&ゾムチーム

「おいゾム、おまえ……！　試験《レース》の趣旨《しゅし》わかっとらんやろ!!」

ダイナマイト攻撃《こうげき》をくらったシャオロンは、全速力《ぜんそくりょく》で逃《に》げながら、後方《こうほう》のゾムにむかって叫《さけ》ぶ。

「え？　わかってる、わかってる！」

ばびゅんばびゅん。ドッカンドッカン。

わかってる、なんて口《くち》だけで、ゾムはひっきりなしに爆弾《ばくだん》を飛《と》ばしてくる。

シャオロンは、それをよけるので精《せい》いっぱいだ。

「いやア、むっちゃ楽《たの》しいなア……！　飛行試験《ひこうレース》……!!」

ゾムが、きらめく汗《あせ》をぬぐう。

「**さわやかな汗《あせ》を流《なが》すな!!**　ええ加減《かげん》にせえや！　俺《おれ》は1位獲《いと》らなアカンってさっきから言《い》って――」

ヒュンッ。

言《い》ってるそばから、シャオロンの目《め》の前《まえ》に爆弾《ばくだん》が落《お》ちてきて――。

ボンッ!!

またもや、シャオロンは衝撃《しょうげき》で吹《ふ》きとばされた。

シャオロンが落《お》ちたのは、岩《いわ》でできた洞窟《どうくつ》の中《なか》。
天井《てんじょう》を突《つ》きやぶって地面《じめん》に叩《たた》きつけられたせいで、全身《ぜんしん》が痛《いた》い。
「……あー……。やっぱ、無理《むり》やわ……」
天井《てんじょう》に開《あ》いた穴《あな》から差《さ》しこむかすかな光《ひかり》を眺《なが》めながら、シャオロンはぼやいた。
ゆうゆうと飛行《ひこう》するゾムが、見上《みあ》げたその穴《あな》の向《む》こうに見《み》える。
大《だい》の字《じ》になって寝転《ねころ》んでいると、なにもかも、どーでもよくなってきた。

1位《い》、獲《と》りたかってんけどなぁ……。
できへんもんは、できへんからな……。
俺《おれ》はきっと、こういう星《ほし》の下《もと》に生《う》まれついたんやな。
がんばっても報《むく》われへん。

……もう、ええわ。

疲《つか》れたし。

全部《ぜんぶ》、あきらめよ……。


「……………なんて言《い》うと思《おも》ったか、ボケが!!」


ダンッ!

地面《じめん》を踏《ふ》みしめ、起《お》きあがる。

トイフェル・シャオロンは、この程度《ていど》で折《お》れたりしない。

「こっから状況《じょうきょう》ひっくり返《かえ》して、マジで試験《レース》で1位《い》になれたら、そんなん100%注目《パーセントちゅうもく》の的《まと》やん。**最《さい》ッッ高《こう》においしいわ!!**」

想像《そうぞう》しただけで、興奮《こうふん》でふるえる。

こっから状況《じょうきょう》ひっくり返《かえ》して
マジで試験《レース》で1位《い》になれたら
そんなん100%《パーセント》注目《ちゅうもく》の的《まと》やん
最《さい》ッッ高《こう》に美味《おい》しいわ!!!

絶体絶命《ぜったいぜつめい》の状況《じょうきょう》こそ、シャオロンにとっては〝最大《さいだい》のチャンス〟だ。

「見《み》とれよ、ゾム……。今《いま》すぐその鼻明《はなあ》かして、格《かく》のちがい叩《たた》きこんだるわ!!」

一方《いっぽう》、ゾムはシャオロンの落《お》ちた洞窟《どうくつ》を見《み》て、首《くび》をかしげていた。

「あれ??　あいつ、出《で》てこぉへんな。たしか、こん中落《なかお》ちたと思《おも》ったけど……」

上空《じょうくう》からでは、洞窟《どうくつ》の中《なか》までよく見《み》えない。

しかたなく、ゾムも中《なか》へ降《お》りていくことにした。

「おーーい、シャオローーン」

カツンッ。

かすかに、なにかが動《うご》く音《おと》がした。

「おっ!!　そこか!?」

ゾムは、着火《ちゃっか》した爆弾《ばくだん》をかまえる。

けれど、そこには――。

『ゾムさんコワイです!!　もう近寄《ちかよ》らないでくださいX　シャオ』
岩壁《がんぺき》に、石《いし》でけずったような文字《もじ》が書《か》いてあった。
「…………」
爆弾《ばくだん》をかまえていた手《て》を、ゾムはゆっくりと下《お》ろした。
「……そっか」
（……また、〝いつもの〟や）
ゾムが近《ちか》づくと、いつもみんなが逃《に》げていく。
ただ、みんなと遊《あそ》びたいだけなのに。
（なんや。やっと骨《ほね》のある遊《あそ》び相手《あいて》が見《み》つかったと思《おも》ったのにな……）
火《ひ》のついた導火線《どうかせん》が、ジリジリとすり減《へ》っていく。
爆弾《ばくだん》ゲームは、ひとりじゃできない。

「つまんねーの……」


そのとき——。

ゾムの肩《かた》をにぶい衝撃《しょうげき》がおそった。

「えっ!?　……シャオロン!?」

シャオロンが、空中《くうちゅう》からゾムの肩《かた》に、まるで肩車《かたぐるま》されるような格好《かっこう》で乗《の》り、がっしり頭《あたま》のツノをつかんでいる。

「おう、なにボーッとしてんだ、ゾム。あの程度《ていど》の爆発《ばくはつ》で勝《か》ったつもりか？　もっと火力《かりょく》上《あ》げてこいや、オラ」

ちょいちょい、と、あおるように人差《ひとさ》し指《ゆび》をゆらすシャオロンに、ゾムは目《め》を輝《かがや》かせた。

（オレ……まだ、こいつと遊《あそ》べるんや！）

「おう!!」

ゾムは、勢《いきお》いよく火《ひ》のついた爆弾《ばくだん》をかかげる。

「そーこなくっちゃな!!　まかせとけって、オレのとっておきの爆弾《ばくだん》お見舞《みま》いして……」

あれ……？

「おみまい……」

ゾムは気《き》づいた。

今《いま》、ゾムの体《からだ》は、ガッチリとシャオロンにつかまれている。

……あっ！

これ、オレも死《し》ぬわ!!

その瞬間《しゅんかん》、ジジッと導火線《どうかせん》が燃《も》えつきた。

ドカアン!!

ゾムとシャオロンは、ふたり同時《どうじ》に吹《ふ》きとんだ。

「……ハッハァ!!　テメェの爆弾《ばくだん》に吹《ふ》っとばされるとか、滑稽《こっけい》やなァ!!」

「あ――……油断《ゆだん》したわ、クソ……。道《みち》連《づ》れ上等《じょうとう》とか、無茶苦茶《むちゃくちゃ》やろ……」

ゾムはくやしそうにつぶやいたが、本当《ほんとう》はうれしくてたまらなかった。

だって、シャオロンは、今《いま》まで出会《であ》ったどの悪魔《あくま》よりも――。

「**おもしれーな、おまえ……。めっっっっっっちゃ魅《み》せるやん……!!**」

シャオロンは体《からだ》を吹《ふ》きとばされながら、ニヤリと笑《わら》う。

「**雑魚乙《ざこおつ》!!**」

そのまま、シャオロンは近《ちか》くの岩場《いわば》に落《らっ》

下《か》した。

「……う……あーででで……」

何度《なんど》も爆発《ばくはつ》に巻《ま》きこまれ、いいかげん体《からだ》もボロボロだ。

ゾムも、ぐったり動《うご》かなくなっている。

「へへ……やっと一発《いっぱつ》かましたったわ……。これで、アイツもおとなしくなったし。ようやく試験《レース》に集中《しゅうちゅう》……」

力《ちから》をふりしぼり、起《お》きあがろうとしたとき——。

ずるっ——……。

粘着質《ねんちゃくしつ》な音《おと》が、背後《はいご》から響《ひび》いた。

巨大《きょだい》ななにかの影《かげ》が、シャオロンにおおいかぶさる。

「……ん？」

……あれ。

もしかして……ヤバい？

第9話　荒業《あらわざ》すぎるやろ

「……お花《はな》さんっ。ボクを食《た》べてもおいしくないですよ〜」

本当《ほんとう》に、どこまでもツイてない男《おとこ》、シャオロン。

吹《ふ》っとばされて落《お》ちた場所《ばしょ》は、なんと肉食魔植物《にくしょくましょくぶつ》の群生地《ぐんせいち》だった。

太《ふと》いツルにぐるぐる巻《ま》きにされ、身動《みうご》きの取《と》れないシャオロンは、必死《ひっし》に魔植物《ましょくぶつ》に語《かた》りかける。

「ねっ！　だから放《はな》して♡」

シャオロンの言葉《ことば》を聞《き》いた魔植物《ましょくぶつ》は——あ〜〜んと、大《おお》きな口《くち》をあけた。

「……って、ですよね〜〜〜〜!!」

……なんかこの絵面《えづら》、前《まえ》にも見《み》た気《き》がする。

どうも最近《さいきん》、魔植物《ましょくぶつ》にモテて困《こま》るわ〜。

……などと、悠長《ゆうちょう》なことを言《い》っているヒマはない。

（アカン……終《お》わったわ……。最期《さいご》はせめて、しっかり味《あじ》わってくれ……）

シャオロンの脳《のう》に走馬灯《そうまとう》がよぎりかけた、そのとき。


ドガアン!!


爆発《ばくはつ》とともに、シャオロンをしばりあげていたツルがちぎれた。

ゾムが、魔植物《ましょくぶつ》のツルを吹《ふ》きとばしたのだ。

「……ゾム!?」

ゾムはシャオロンを自由《じゆう》にすると、ひとり、魔植物《ましょくぶつ》に立《た》ちむかっていく。

ギュルッ。

ゾムの手《て》の中《なか》に、透明《とうめい》なガラスの爆弾《ばくだん》があらわれた。

ガラスの中《なか》につまっているのは——**ぐつぐつ煮《に》えたぎる溶岩《マグマ》。**

「ほら。食《く》えよ!!」

大《おお》きく開《ひら》いた魔植物《ましょくぶつ》の口《くち》に、ゾムが溶岩爆弾《マグマばくだん》を放《ほう》りこむ。

ゾムは、いたずらっぽく笑《わら》った。

「穴見《あなみ》たら放《ほう》りこみたくなるねんな。オレんちに代々伝《だいだいつた》わる、秘蔵《ひぞう》の技《わざ》。その名《な》も――」


溶岩遊泳《マグマダイブ》!!


爆発《ばくはつ》とともに、魔植物《ましょくぶつ》がはじけ飛《と》ぶ。

どろどろと、火山《かざん》のようにマグマが流《なが》れだした。

まわりの魔植物《ましょくぶつ》たちものみこみ、まるで地獄《じごく》のような光景《こうけい》だ。

（なっ……なんや、このエグい魔術《まじゅつ》!!）

シャオロンは、すさまじいマグマの威力《いりょく》をぼうぜ

んと眺《なが》めていたが……。

「え？　え？　え？　ちょっと待《ま》って、ちょっと待《ま》って……!!」

でろでろと、マグマが地面《じめん》を浸食《しんしょく》しはじめている。

「マグマこっち来《き》とるやん!!　嘘《うそ》やろおまえ!!　**ちょ待《ま》っ……早《はや》い早《はや》いしぬしぬしぬ**
……!!」

追《お》いつめられたシャオロンが叫《さけ》んだ瞬間《しゅんかん》、ゾムがシャオロンの上着《うわぎ》をつかみ、高《たか》く飛《と》び
あがった。

「大丈夫《だいじょうぶ》か、シャオロン！」

助《たす》けてくれたのだ。あの、ゾムが。

シャオロンは、サッとゾムから身《み》を引《ひ》いた。

「ゾム……おまえ……なんや急《きゅう》に!?　気持《きも》ち悪《わる》いぞ!?　俺《おれ》を殺《ころ》したいんか、助《たす》けたいんか
どっちやねん!!」

「え？　さっきから言《い》ってるやん」

ゾムはきょとんとして、それから、うれしそうに笑《わら》う。

「遊《あそ》びたい!!　おまえ、しぶとくておもろいからな！」


シャオロンは、やっと、わかった。

ゾムは、みんなを傷《きず》つけたいわけでも、木《こ》っ端《ぱ》みじんにしたいわけでもなく。

ただ純粋《じゅんすい》に——みんなと、オモロいことをするのが大《だい》好《す》きなのだ。

……遊《あそ》びの誘《さそ》い方《かた》は、ちょっと物騒《ぶっそう》だけど。

「で？　次《つぎ》はなにして遊《あそ》ぶ？」

ゾムが目《め》を輝《かがや》かせてニカッと笑《わら》う。

「……はは。なるほどな……！」

じゃあ……今度《こんど》はこっちの〝遊《あそ》び〟につきあってもらう番《ばん》だ。

「……ほんなら、これはどうや！　**『飛行試験《ひこうレース》で最下位《さいかい》の俺《おれ》らが、クラスの連中《れんちゅう》ごぼう抜《ぬ》きチャレンジ』**！」

「おっ、ええやん！　そしたら、オレにいい案《あん》があるぜ！」

マグマの海《うみ》の上《うえ》、ふたりはゴールをめざして加速《かそく》した。


一方《いっぽう》……他《ほか》のチームは、すでにゴール地点《ちてん》の目前《もくぜん》まで近《ちか》づいていた。

「長《なが》くけわしい道《みち》のりだったが……ついにここまで来《き》たな……！」

数々《かずかず》のトラブルに見舞《みま》われ、ボロボロになったトントン&ウッチームも、ゴールにせまっている。

「さあ！　最後《さいご》までがんばろうぜ、トンちゃん!!」

「自力《じりき》で飛《と》ばんか〜〜い!!」

ふり落《お》とされそうになりながらも、大先生《だいせんせい》はガッシリとトントンの足《あし》にしがみついていた。

「減速《げんそく》するやん！　はよ降《お》りろボケェ!!」

「ひどい……僕《ぼく》たちペアなのに!!　いっしょにゴールしようねって約束《やくそく》したじゃない……ッ!!」

「してへんし、さっき俺《おれ》をオトリにしようとしたの忘《わす》れへんぞ!!」

どこまでも都合《つごう》のいい大先生《だいせんせい》である。

「ええ加減《かげん》にせえ!!　他《ほか》の連中《れんちゅう》にぬかれるぞ!!」

「大丈夫《だいじょうぶ》やって！　みんなけっこう疲《つか》れてるみたいやし、超《ちょう》スピードで追《お》いぬいてくるやつなんていいな――」

大先生《だいせんせい》が言《い》いかけたとき、背後《はいご》で、なにかがまぶしく光《ひか》った。

次《つぎ》の瞬間《しゅんかん》――。

ドカン！　ドカンッ！　ドガアンッ!!

爆弾《ばくだん》を連続《れんぞく》で爆発《ばくはつ》させながらシャオロンとゾムが吹《ふ》っとんできた。

爆風《ばくふう》を利用《りよう》して前《まえ》に進《すす》むふたりは、クラスメイトたちをごぼうぬきしていく。

「おまえこれッ!!　荒業《あらわざ》すぎるやろ!!」

シャオロンは、ゾムの「いい考《かんが》え」に必死《ひっし》にくらいつく。

「でも一気《いっき》に追《お》いぬいたで！　こっからラストスパート……あっ」

プスッ……。

ゾムの手《て》から、爆弾《ばくだん》のかわりにしょぼい煙《けむり》が出《で》た。

「アカン、魔力切《まりょくき》れたわ!!」

「えッ!?」

「あとは、自力《じりき》でガンバレ!!」

ラストスパート。

先頭《せんとう》におどり出《で》たシャオロンの後《うし》ろには、他《ほか》のクラスメイトたちがせまっている。

(後続《こうぞく》が来《き》とる!!　もう体《からだ》ボロボロでまともに飛《と》べへんのに……抜《ぬ》き返《かえ》される――！)

魔力《まりょく》はもうわずか。呼吸《こきゅう》も苦《くる》しい。

でも――。

「ここまで来《き》て……させるかよッ!!」

1位《い》になるのは
俺《おれ》やー―――ッ!!!

最後《さいご》の力《ちから》をふりしぼり、羽《はね》をはばたかせる。

「1位《い》になるのは、俺《おれ》や―――――ッ!!」

ズドォォン!!

捨《す》て身《み》の超加速《ちょうかそく》でゴールにすべりこみ、岩《いわ》にぶつかって止《と》まった。

最後《さいご》の魔力《まりょく》を使《つか》いきったシャオロンは、ゴールしたままの体勢《たいせい》で気絶《きぜつ》していた。

「……やれやれ。まさかの結果《けっか》になったな……」

ゴール前《まえ》で生徒《せいと》を待《ま》っていたブルシェンコ先生《せんせい》は、土《つち》けむりにひとつ咳《せき》ばらいをして、勝者《しょうしゃ》の名《な》を告《つ》げる。

「1位《い》は……**トイフェル・シャオロン!!**」

「さて……全員《ぜんいん》が到着《ゴール》したな」

ケガをした生徒《せいと》を「半永久《ヒール》」で治療《ちりょう》し終《お》えたブルシェンコ先生《せんせい》は、Dクラス《ディー》全員《ぜんいん》を見渡《みわた》しながら口《くち》を開《ひら》いた。

「それではこれより——各人《かくじん》の位階《ランク》を発表《はっぴょう》する」

先生《せんせい》が腕《うで》をあげると、そこに1羽《わ》の鳥《とり》が舞《ま》い降《お》りた。

フクロウに似《に》た鳥《とり》で、ふたつの目《め》の他《ほか》に、額《ひたい》にももうひとつ目《め》がついている。

「悪魔《あくま》の位階《ランク》は、【1《アレフ》】から【10《ヨド》】まで。この位階袋鳥《ランクふくろう》の胸《むね》の袋《ふくろ》に手《て》を入《い》れれば、その者《もの》の位階《ランク》に応《おう》じた章《バッジ》があたえられる」

ブルシェンコ先生《せんせい》が、バッジを受《う》けとる生徒《せいと》の名《な》を順番《じゅんばん》に呼《よ》ぶ。

「ではまずは……今回《こんかい》の試験《しけん》で1位《い》を獲《と》った、トイフェル・シャオロンから——って、まだ気絶《きぜつ》してるな……」

力尽《ちからつ》きたシャオロンは、気《き》を失《うしな》ったまま。

各人《かくじん》の位階《ランク》を発表《はっぴょう》する
バサササ…
悪魔《あくま》の位階《ランク》は次《つぎ》の通《とお》りだ
強
10 ヨド
9 テト
8 ケト
7 ザイン
6 ヴァウ
5 ヘー
4 ダレス
3 ギメル
2 ベト
1 アレフ
弱
※ほとんどの一年生は「1」からスタート
この位階袋鳥《ランクふくろう》の胸《むね》の袋《ふくろ》に手《て》を入《い》れれば
その者《もの》の位階《ランク》に応《おう》じた章《バッヂ》が与《あた》えられる

ゾムがツンツンつついても、一向《いっこう》に起《お》きる気配《けはい》がない。

「じゃあ、俺《おれ》がつかましたるわ！」と、ゾムがシャオロンの手《て》をにぎる。

「……しかたない、頼《たの》むぞ」

ブルシェンコ先生《せんせい》にうながされ、ゾムはシャオロンを引《ひ》きずって位階袋鳥《ランクふくろう》に歩《あゆ》みよる。

その様子《ようす》を見《み》ながら、大先生《だいせんせい》は、おもしろくなさそうに鼻《はな》を鳴《な》らす。

「絶対《ぜったい》【1《アレフ》】に決《き》まってるやん。アイツ、使《つか》い魔召喚《ましょうかん》できへんかったんやぞ!?」

「おまえもじゃい!!」と、すかさずトントンにツッコまれた。

どうやら大先生《だいせんせい》は、試験《レース》でシャオロンに負《ま》けてくやしいらしい。

いよいよ、ゾムがシャオロンの手《て》を位階袋鳥《ランクふくろう》のポケットにつっこんだ。

「……おっ。これは……！」

中《なか》から取《と》りだされたバッジに、みんなの注目《ちゅうもく》が集《あつ》まる。

「えっ、マジか……！」

大先生《だいせんせい》が最初《さいしょ》に叫《さけ》んだ。

「わぁ！」

「**すげえ……!!**」

クラスメイトたちがざわめく。

シャオロンの手《て》ににぎられたバッジは──【2《ベト》】。

「お？　みんな注目《ちゅうもく》しとるやん。やったな、シャオロン!!」

ゾムの言葉《ことば》と、みんなの歓声《かんせい》につつまれながら。

シャオロンは幸《しあわ》せそうに、すやすや眠《ねむ》っていたのだった。

トイフェル・シャオロン、【2《ベト》】位階獲得《ランクかくとく》!

魔界《まかい》の主役《しゅやく》への道《みち》のり、一歩前進《いっぽぜんしん》……か!?

第10話 ピンクのふわふわ

やあ、みんな。飛行試験《ひこうレース》は楽《たの》しんでくれたか？

俺《おれ》の名前《なまえ》はトイフェル・シャオロン。

……え？　もう知《し》ってるって？　フッ……、人気者《にんきもの》は困《こま》るぜ。

なんたって、俺《おれ》は今《いま》、最《もっと》も注目《ちゅうもく》を集《あつ》めている悪魔学校《バビルス》の1年生《ねんせい》（※個人《こじん》の感想《かんそう》です）。

近《ちか》い将来《しょうらい》、生徒会《せいとかい》に入《はい》ってバリバリ活躍《かつやく》する（予定《よてい》の）男《おとこ》だぜ。

そして……そんな俺《おれ》に与《あた》えられた悪魔《あくま》の位階《ランク》は——。


「【2】《ベト》!!　いや～知《し》ってましたとも!!　俺《おれ》が!!　選《えら》ばれし存在《そんざい》であることは!!」

これ見《み》よがしにバッジを見《み》せつけ、シャオロンはガハハと笑《わら》う。

完全《かんぜん》に有頂天《うちょうてん》である。

「ホンマ調子《ちょうし》乗《の》っとるなアイツ……」

大先生《だいせんせい》はうっとうしそうに顔《かお》をしかめた。

「え？　なにか言《い》いました？　ダイセンセの位階《ランク》はなんだったかな〜〜？」

シャオロンは、ここぞとばかり、大先生《だいせんせい》のバッジをのぞきこむと、大先生《だいせんせい》はあわてて手《て》でかくした。

「レイラー・ウツくん、【1《アレフ》】。ハイ、雑魚《ざこ》〜〜！」

「キィ〜〜〜ッ!!」

シャオロンに負《ま》けた大先生《だいせんせい》は、ハンカチをかんでくやしがる。

そんな大先生《だいせんせい》に、トントンがやさしく声《こえ》をかける。

「まあまあ、気《き》にすんな大先生《だいせんせい》。1年生《ねんせい》は普通《ふつう》、みんな【1《アレフ》】やから」

そんなトントンの位階《ランク》は――【2《ベト》】。

「おまえもさりげなくアオっとるやろ!!」

優秀《ゆうしゅう》な同級生《どうきゅうせい》にかこまれ、あわれな大先生《だいせんせい》だ。

「そいや俺《おれ》、気絶《きぜつ》しとって聞《き》いとらんかったけど……。ゾム！　おまえは位階《ランク》なんやったん？」

シャオロンは、爆弾《ばくだん》をお手玉《てだま》にして遊《あそ》んでいるゾムにたずねる。

「え？　オレ？　【1《アレフ》】！」

「**えッ!?**」

「嘘《うそ》やろおまえ。」

当然《とうぜん》のように答《こた》えるゾムに、シャオロンとトントンはおどろいた。

「こいつ、レースも2位《い》やったのになあ……。使《つか》い魔召喚《ましょうかん》でヘマでもしたんか？」

トントンの言葉《ことば》に、ゾムは「え？」と固《かた》まる。

「**使《つか》い魔《ま》……召喚《しょうかん》？？**」

まるで、はじめて聞《き》いた言葉《ことば》のようにポカンとしているゾムに、シャオロンとトントンはすべてを察《さっ》する。

「まさかおまえ……使《つか》い魔召喚《ましょうかん》サボったんか!?　そんなヤツおりゅ!?」

「なにソレ、知《し》らん……。遊《あそ》んどったわ」

絶句《ぜっく》するトントンとは裏腹《うらはら》に、ゾムはあっけらかんとしている。

（なんでコイツ問題児《アブノーマル》クラスじゃなかったんやろ……）

シャオロンは心《こころ》の中《なか》でつぶやいた。

「……まあでも、これで序列《じょれつ》がハッキリしたな！」

シャオロンが喜《よろこ》んでいる理由《りゆう》は、位階《ランク》が高《たか》かったからだけではない。

（なんでも、聞《き》くところによると例《れい》の特待生《イルマ》は位階《ランク》【1《アレフ》】やったそうやないか……。つまり、俺《おれ》のほうが格上《かくうえ》!!）

シャオロンは、バッジのついた襟《えり》をにぎりしめ、天高《てんたか》くこぶしをつきあげる。

そう!!　ついに!!　俺《おれ》はイルマに勝《か》ったんや――!!

「もう特待生《イルマ》にでかいツラさせへんぞ……!!　学園《がくえん》イチの人気者《にんきもの》はこの俺《おれ》――」

ドゴォォォォ!!

突然《とつぜん》、窓《まど》の外《そと》で、地響《じひび》きのような音《おと》がした。

「え!? なんや今《いま》の音《おと》!?」

そこに、クラスメイトが駆《か》けこんでくる。

「大変《たいへん》だァ!! 特待生《とくたいせい》が授業《じゅぎょう》で……**ピンクのなにかふわふわしたもの**を生《う》みだしたぞー!!」

窓《まど》の外《そと》には——**巨大《きょだい》な木《き》が出現《しゅつげん》していた。**

太《ふと》い幹《みき》は、植物棟《しょくぶつとう》のガラス張《ば》りの屋根《やね》を突《つ》きやぶっている。花《はな》らしき部分《ぶぶん》はピンク色《いろ》で、もこもこしていた。

魔生物《ませいぶつ》の授業《じゅぎょう》で、イルマがこのナゾの木《き》を生《は》やしたというのだ。

「なんだ、この花《はな》!?」

「はじめて見《み》たぞ、こんなの!」

さわぐ生徒《せいと》たちを窓《まど》ごしに眺《なが》めながら、シャオロンは猛烈《もうれつ》にテンションが下《さ》がっていた。

「……なんなんや、あいつ。なんでいつも俺《おれ》の影《かげ》が薄《うす》くなるようなことばっかするねん。

!?
なんや今《いま》の音《おと》…
大変《たいへん》だァ!!
特待生《とくたいせい》が授業《じゅぎょう》で…
ファァ…!!
ピンクのなにかふわふわしたものを生《う》み出《だ》したぞ——!!
なんだこの花!!
はじめて見たぞこんなの

俺《おれ》のこと嫌《きら》いなんか――？」

いつもいつも、人気《にんき》を横取《よこど》りしていくイルマ。勝《か》ったと思《おも》えばすぐ追《お》いぬかれる。

シャオロンの中《なか》で、打倒《だとう》イルマの野望《やぼう》がさらに強《つよ》くなる。

……もちろん、当《とう》のイルマは、シャオロンのことなど知《し》らないのだが……。

「あんくらい……本気出《ほんきだ》せば俺《おれ》だってなぁ……！」

窓《まど》ガラスにヒビが入《はい》るくらい力《ちから》をこめて、シャオロンはピンクのふわふわをにらむ。

「なーなー！　もっと近《ちか》くで見《み》にいこうぜ！　めっちゃおもろそうやん！」

ゾムに声《こえ》をかけられ、シャオロンは露骨《ろこつ》にイヤな顔《かお》をした。

「……えぇ!?　なんでわざわざ特待生《イルマ》のつくったもん見《み》にいかなアカンねん」

「近《ちか》づくと危《あぶ》ないかもしれへんしな……」と、トントンも悩《なや》んでいる。

「僕《ぼく》はパス……」大先生《だいせんせい》も首《くび》をふった。

「そっかァ……」と、ゾムはしょんぼりして、ボコボコッと、溶岩爆弾《マグマばくだん》を量産《りょうさん》しはじめた。

「しゃーないわ……**みんなで溶岩《マグマ》ぶっかけ大会《たいかい》**でガマンするか……」

「カ～～～～ッ!!　ピンクのふわふわ見《み》に行《い》きてェな～～～～ッッ!!」

危機一髪《ききいっぱつ》、ゾムの危険《きけん》な遊《あそ》びを回避《かいひ》し……いざ、ピンクのふわふわ見物《けんぶつ》へ！

ピンクのふわふわ……人間《にんげん》の世界《せかい》では「桜《さくら》」と呼《よ》ばれるその木《き》は、風《かぜ》にゆれるたびに、薄桃色《うすももいろ》の花《はな》びらを散《ち》らしていた。

魔界《まかい》には存在《そんざい》しない、桜《さくら》の木《き》。これも、イルマが人間《にんげん》だからこそ生《は》やすことができたのだが……その真実《しんじつ》を知《し》る者《もの》は少《すく》ない。

シャオロン、大先生《だいせんせい》、トントン、ゾムは、そろって屋上《おくじょう》へ出《で》た。

「近《ちか》くで見《み》るとデカいな……」

シャオロンは、そのあまりの大《おお》きさにおどろいてしまった。

「気《き》ぃつけろよ。毒飛《どくと》ばしてくるかもしれへんぞ」

トントンが、少《すこ》し警戒《けいかい》しながら桜《さくら》に近《ちか》づく。

「ん？　どうした、シャオロン……」

シャオロンはだまって桜《さくら》を見上《みあ》げる。

この巨木《きょぼく》を、１年生《ねんせい》のイルマが生《は》やしたなんて、とうてい信《しん》じられなかった。

（一体《いったい》……どんだけすげぇ魔力《まりょく》があったら、こんなデカいもん出《だ》せるねん）

シャオロンは、少《すこ》しだけ不安《ふあん》になる。

（俺《おれ》……ホンマに勝《か》てるんか？　あの特待生《とくたいせい》に――）

考《かんが》え事《ごと》をしていたシャオロンの目《め》の前《まえ》に、突然《とつぜん》、見知《みし》らぬ男《おとこ》の顔《かお》があらわれた。

「いやぁ……学園内《がくえんない》のさわぎにいち早《はや》くかけつけるその探究心《たんきゅうしん》!!　さすが!!　シャオロンさん!!」

ぶ厚《あつ》い瓶底《びんぞこ》メガネをかけたその男《おとこ》は、にっこり笑《わら》ってシャオロンの名《な》を呼《よ》んだ。

「**ビックリしたァ!!　だれやおまえ!!**」

ぼーっとしていたシャオロンは飛《と》びのく。

「ありゃ。こんなとこで奇遇《きぐう》ですね、**チーノ先輩《せんぱい》**」

トントンは、どうやら男《おとこ》と顔見知《かおみし》りらしい。

「先輩《せんぱい》なんてそんなそんな！　同《おな》じ位階《ランク》【2《ベト》】なんですから、チーノでええですって！」

はりついたような笑顔《えがお》で揉《も》み手《で》をするその男《おとこ》は、2年生《ねんせい》の**ガオナァ・チーノ**だ。

「シャオロンさんも、1年生《ねんせい》で【2《ベト》】はすごい!!」

特待生《とくたいせい》に――
ぬるっ
いやぁ…学園内《がくえんない》の騒《さわ》ぎにいち早《はや》く駆《か》けつけるその探究心《たんきゅうしん》!!
さすが!!シャオロンさん!!

「お、おう……？」

チーノは順《じゅん》にほめちぎると、大先生《だいせんせい》を見《み》て。

「えーと、ウツさんは位階《ランク》【1《アレフ》】なので……**子分《こぶん》な。パン買《か》ってこいよ**」

「**おいッ!!**」

その変《か》わり身《み》の早《はや》さは、大先生《だいせんせい》といい勝負《しょうぶ》だ。

「なんやこのうさんくさい悪魔《あくま》は!!」

バカにされた大先生《だいせんせい》は、プンプン怒《おこ》っている。

「つか、なんで俺《おれ》らの名前《なまえ》知《し》っとんねん」

シャオロンが首《くび》をかしげると。

「やだな～、とぼけちゃって！　**同《おな》じ師団《バトラ》のメンバー**やないですか！」

その瞬間《しゅんかん》、シャオロンと大先生《だいせんせい》はギクリとした。

同《おな》じ師団《バトラ》って、もしかして……。

「みなさんも、あのピンクのふわふわが気《き》になって来《き》たんでしょ？　さすがです!!　それでこそ、我々師団《われわれバトラ》!!」

やっぱり、こいつも我々師団《われわれバトラ》！

覚《おぼ》えているだろうか。はじめて師団室《バトラしつ》に行《い》った日《ひ》、魔茶《まちゃ》のかわりに面妖《めんよう》つゆを出《だ》そうとしてきた先輩《せんぱい》がいた。……あれがチーノだ。

チーノは、盛大《せいだい》に手《て》を広《ひろ》げ、宣言《せんげん》する。

「次《つぎ》なる我《われ》らが活動《かつどう》は、そう!!　あの**ピンクのふわふわの徹底調査《てっていちょうさ》**です!!」

「もちろん強制《きょうせい》じゃないですよ」

チーノの背後《はいご》から、今度《こんど》は別《べつ》の声《こえ》がした。

「ピンクのふわふわが**こわくて漏《も》らしそう**という方《かた》は、断《ことわ》っていただいてけっこうですんで……」

ニヤニヤしながらこちらをうかがっているのは、性悪《しょうわる》な先輩《せんぱい》、ショッピ!!

勢《せい》ぞろいやんけ!!

「いや、もうおまえのあおりは効《き》かへんぞ!!　またそうやって俺《おれ》らをコキ使《つか》おうと……」

シャオロンと大先生《だいせんせい》が後《あと》ずさると、「ああ、それともうひとつ」と、チーノが思《おも》い出《だ》したように人差《ひとさ》し指《ゆび》を立《た》てた。

「グルッペン団長《だんちょう》が言《い》っていましたよ。こんな伝説《でんせつ》があるそうです――」

そして、チーノは語《かた》りはじめた。

『**大地《だいち》に顕現《けんげん》せしピンクのふわふわ――**』

「文章《ぶんしょう》おかしない？」

……すでに雲行《くもゆ》きがあやしい。

「……『**亡者《もうじゃ》の血《ち》を吸《す》い、魔力《まりょく》をむさぼる死《し》の大樹《たいじゅ》なり。かの力《ちから》を手《て》に入《い》れし者《もの》は――めっちゃ目立《めだ》つし超《ちょう》モテる。ついでに願《ねが》いがひとつだけ叶《かな》う**』――」

「**そんな都合《つごう》のいい伝説《でんせつ》あるか――ッ!!**」

今考《いまかんが》えたみたいな伝説《でんせつ》に、１年生《ねんせい》たちは総《そう》ツッコミ。

「**最後《さいご》ガバガバすぎるやろ!!**」

「**テキトーな嘘《うそ》つくなボケェ!!**」

非難《ひなん》ごうごうの１年生《ねんせい》たちを、チーノは「まあまあ」となだめる。

「落《お》ちついてください、みなさん。嘘《うそ》かどうかはこれから調査《ちょうさ》するんですよ」

チーノが押《お》しあげたメガネが、キラリと光《ひか》る。

「もしこの伝説《でんせつ》が本物《ほんもの》で、本当《ほんとう》に願《ねが》いが叶《かな》うのであれば……**明日《あした》、魔界《まかい》を制《せい》するのは我々《われわれ》かもしれないでしょう？**」

その瞬間《しゅんかん》、シャオロンの脳内《のうない》に、ひとつの絵《え》が浮《う》かんだ。

玉座《ぎょくざ》に座《すわ》る自分《じぶん》と、それを囲《かこ》む我々《われわれ》師団《バトラ》。

――魔界《まかい》の主役《しゅやく》になった、我々《われわれ》の姿《すがた》が。

（俺《おれ》たちが……魔界《まかい》を――）

「乗《の》ッた!!」

すぐさま、シャオロンは、チーノの差《さ》しだした手《て》をパンッと叩《たた》く。

「ええ――っ!?」

「やめようや、シャオちゃん～……危《あぶ》ないて～……!」

トントンと大先生《だいせんせい》が止《と》めるのも聞《き》かず、シャオロンはチーノの挑戦《ちょうせん》を受《う》けて立《た》った。

「フフ……乗《の》りましたね」

チーノはニヤリと笑《わら》うと。

「それではこれより――我々師団新入団員歓迎会《われわれバトラしんにゅうだんいんかんげいかい》!! ついでにふわふわの調査《ちょうさ》……を、はじめまーーす!!」

ドンドンパフパフ〜!!

レジャーシートの上《うえ》には、豪華《ごうか》なお弁当《べんとう》、お菓子《かし》やジュース。

ひとりひとり、名札《なふだ》と紙《かみ》コップが配《くば》られ――**お花見《はなみ》スタート!!**


……あれ????

第11話 チーノという悪魔《あくま》

「さあみなさん！　お飲《の》み物《もの》は行《い》きわたりましたか？」

満開《まんかい》の桜《さくら》の下《した》、チーノは、はりきって紙《かみ》コップをかかげる。

「それでは、せんえつながら。私《わたし》、チーノが音頭《おんど》を取《と》らせていただきます！」

「ヨッ、大将《たいしょう》！」

完璧《かんぺき》なタイミングで、ショッピの合《あ》いの手《て》。

「我々《われわれ》師団《バトラ》のさらなる発展《はってん》と、新入団員《しんにゅうだんいん》の皆様《みなさま》のますますのご活躍《かつやく》を祈念《きねん》して――カンパ――イ!!」

「**いやいやいやいや!!**」

ついに、シャオロンは叫《さけ》んだ。

「どういうことやねん!!　ふわふわの調査《ちょうさ》はどうした!?」

なぜか和気《わき》あいあいとはじまった宴会《えんかい》に、シャオロンの混乱《こんらん》は止《と》まらない。

そんなシャオロンの肩《かた》を、ちょいちょいとゾムがつつく。

「シャオロン、シャオロン！　カンパーイ！」

「おまえはそもそも団員《だんいん》ちゃうやろ！　なにナチュラルにまざってんねん!!」

さりげなく宴会《えんかい》に参加《さんか》しているが、**ゾムは我々《われわれ》師団《バトラ》のメンバーではない。**

まあまあ、とシャオロンをなだめ、チーノが「元気《げんき》モリモリドリンク」をそそぐ。

「俺《おれ》は飲《の》まへんぞ。おまえらと慣《な》れあう気《き》なんか！　一切《いっさい》――!!」

威勢《いせい》よく啖呵《たんか》を切《き》ったシャオロンだが……。

それから数分後《すうふんご》――。

「ウエ～～～イ!!」

「元気《げんき》モリモリドリンク」で元気《げんき》モリモリになったシャオロンは、ゾムと肩《かた》を組《く》み、酔《よ》っぱらいのように上機嫌《じょうきげん》だ。

「へいへい、ダイセンセッ！　飲《の》んでるぅ～？」

なみなみ注《そそ》いだコップを大先生《だいせんせい》にぐいぐい押《お》しつける。

「ちょっ、やめなさいシャオちゃん！　……シャオちゃん！」

もちろん、これはお酒《さけ》じゃありません。れっきとした、元気《げんき》モリモリドリンクです。

「おい、シャオロン！　あばれるな！　いくら俺《おれ》らの歓迎会《かんげいかい》とはいえ、少《すこ》しは自重《じちょう》せぇ！」

そういうトントンは、山盛《やまも》りの料理《りょうり》に休《やす》むことなく食《く》らいついていた。

「…………」

その様子《ようす》を、なぜかゾムがじっと見《み》つめている。

「ん？　なんや、ゾム……」

「トントン、おまえ……。めっちゃうまそうにメシ食《く》うなぁ……！」

ゾムは、ぱあっと顔《かお》を輝《かがや》かせると……。

「ほな、もっと食《く》わしたるわ」

両手《りょうて》に食《た》べ物《もの》をつかみ、苦《くる》しむトントンの口《くち》に、次々《つぎつぎ》つめこみはじめる。

その隣《となり》では……。

「ケッツしばき!!　ケッツしばき!!」

どこから持《も》ちだしたのやら、竹刀《しない》をかまえたシャオロンが、今《いま》にも大先生《だいせんせい》の尻《しり》をしばかんとしている。

……まさに、**地獄絵図《じごくえず》**。

「センパアイ!!　助《たす》けてぇぇぇ〜〜〜!!」

大先生《だいせんせい》は、ショッピとチーノに泣《な》いて助《たす》けを求《もと》めた。

「安心《あんしん》してください。いい画《え》、撮《と》れてますよ」

ショッピはビデオカメラをかまえ、グッと親指《おやゆび》を立《た》てた。

「助《たす》けてほしけりゃ、先立《さきだ》つものを……」

チーノは悪《わる》い顔《かお》で、なにかよこせと手《て》を差《さ》しだす。

「**ゲスしかいねえええええ!!**」

むろん、我々師団《われわれバトラ》に、慈悲《じひ》などない。

「いっくで、大先生《だいせんせい》〜〜〜ッ！」

竹刀《しない》をバットのようにかまえたシャオロンが、あざやかにふりきり——。

バシ————ン！

「あアンッ！」

見事《みごと》、大先生《だいせんせい》のケツがふたつに割《わ》れたのでした。


宴《えん》もたけなわ。シャオロンとゾムが大《おお》あばれした結果《けっか》……大先生《だいせんせい》はケツを冷《ひ》やしに、トントンはトイレへかけこんだ。

あきたゾムは、いつの間《ま》にかどこかへ飛《と》んでいってしまったようだ。

「**は〜〜〜〜満足《まんぞく》したァ！**　ふしぎなもんやな〜。なんかめっちゃテンション上《あ》がってもーたわ」

これも、〝ピンクのふわふわ〟効果《こうか》だろうか。

この木《き》の下《した》にいると、なんだか気持《きも》ちが舞《ま》いあがってしまう。

「いつの間《ま》にか、他《ほか》の生徒《せいと》たちも集《あつ》まってきましたね」

チーノに言《い》われて見回《みまわ》すと、同《おな》じようにお花見《はなみ》をはじめた生徒《せいと》たちで、屋上《おくじょう》はいっぱいになっていた。

「にぎやかな歓迎会《かんげいかい》になってよかったっすよ〜」

と、チーノが笑《わら》う。

「……つか、俺《おれ》、入団《にゅうだん》するとはひとことも言《い》ってへんからな。俺《おれ》が入《はい》りたいのは……」

「わかってますよ」

シャオロンの言葉《ことば》をさえぎり、チーノは少《すこ》しさみしそうに微笑《ほほえ》む。

「本当《ほんとう》は、シャオさんが生徒会《せいとかい》に入《はい》りたがってることは」

「……えっ」

「ただ、団長《だんちょう》がシャオさんのことをすごく買《か》ってはるんです。こんなに欲望《よくぼう》にまっすぐな悪魔《あくま》はなかなかいないと。あなたは我々師団《われわれバトラ》に必要《ひつよう》な存在《そんざい》なんですよ」

チーノは、正座《せいざ》で両手《りょうて》をつき、真剣《しんけん》なまなざしで言《い》った。

「これは、僕《ぼく》からのお願《ねが》いですが……。もう少《すこ》し、僕《ぼく》たちとともに活動《かつどう》してはくれませんか」

我々師団《われわれバトラ》の団員《だんいん》から、こんなふうにまじめに説得《せっとく》されたのははじめてだった。

「……ま。おまええええヤツっぽいから、考《かんが》えといたるわ」

シャオロンは、少《すこ》し居心地《いごこち》が悪《わる》くなって、お茶《ちゃ》をにごした。

「**おおっ！　これすげーなァ!!**」

突然《とつぜん》、楽《たの》しいお花見会場《はなみかいじょう》には不釣《ふつ》りあいな、乱暴《らんぼう》な声《こえ》が響《ひび》いた。

ガラの悪《わる》い集団《しゅうだん》が屋上《おくじょう》へ乱入《らんにゅう》し、近《ちか》くの生徒《せいと》からお菓子《かし》をうばったり、場所《ばしょ》を横取《よこど》りしたりしている。

あげく――。

「1本《ぽん》もーらい！」

「俺《おれ》らの師団室《バトラしつ》にでも飾《かざ》ろうぜ～」

桜《さくら》の木《き》の枝《えだ》を折《お》ろうとしているのだ。

「あっ……、ふわふわが！」

「まだ調査《ちょうさ》（宴会《えんかい》）中《ちゅう》なのに！　……やめましょう、みなさん！　むやみに触《さわ》っちゃ……」

声《こえ》をかけたチーノを、不良《ふりょう》たちがギロリとにらむ。

「ささっ!!　1杯《ぱい》どうぞ、兄《にい》さん!!　お菓子《かし》も全部《ぜんぶ》食《た》べてってください!!」

次《つぎ》の瞬間《しゅんかん》には、チーノは「悶絶《もんぜつ》ソーダ」を片手《かたて》に、不良《ふりょう》たちにペコペコ。

相変《あいか》わらずの、変《か》わり身《み》の早《はや》さだ。

「おーい、まだ折《お》れねェのかよ～」

「ちょっと待《ま》ってろ、こいつ堅《かた》くて……っ！」

メキメキと悲鳴《ひめい》をあげる桜《さくら》の枝《えだ》。

ほかの生徒《せいと》は、不良《ふりょう》たちを見《み》ているだけでどうすることもできないでいる。

シャオロンはガマンの限界《げんかい》だった。

みんなのお花見会場《はなみかいじょう》に土足《どそく》でふみこみ、好《す》き放題《ほうだい》。

その〝目立《めだ》ち方《かた》〟が気《き》に入《い》らない。

「チーノ、借《か》りるぞ」

「えっ!?」

シャオロンはチーノから「悶絶《もんぜつ》ソーダ」のペットボトルをひったくると、枝《えだ》を折《お》ろうとしている不良《ふりょう》の肩《かた》をポンポンと叩《たた》いた。

「アン？　なんだ――」

ふりむいた不良《ふりょう》の口《くち》に、**ペットボトルを丸《まる》ごとねじこむ！**

不良《ふりょう》たちも、チーノも、突然《とつぜん》のことに仰天《ぎょうてん》した。

「おまえ、なに俺《おれ》より目立《めだ》ってんねん」

シャオロンは、ぶっ倒《たお》れた不良《ふりょう》にむかって宣言《せんげん》する。

「悪魔学校《バビルス》の主役《しゅやく》は俺《おれ》やぞ。モブはおとなしくジュースでも飲《の》んで座《すわ》ってろ!!」

悪魔学校《バビルス》の主役《しゅやく》は俺《おれ》やぞ
モブは大人《おとな》しくジュースでも飲《の》んで座《すわ》ってろ!!
ブチ
ブチ
ブチィィ
やんのかコラァ!?
わっ
あっ ヤベッ…!!
イキってもうた…!

シャオロンのあおりは、不良《ふりょう》たちをキレさせるのに十分《じゅうぶん》だった。

「やんのかコラァ!?」

3人《にん》の不良《ふりょう》たちが、いっせいにシャオロンにおそいかかる。

(あっ、ヤベッ……!! イキってもうた……!)

また、入学式《にゅうがくしき》の日《ひ》みたいにボコボコにされる――!

ギュルルルルル………。

……不良《ふりょう》のこぶしはシャオロンには当《あ》たらなかった。

それどころか、不良《ふりょう》たちの腹《はら》から、一斉《いっせい》に情《なさ》けない音《おと》が鳴《な》りだしたのだ。

「うッ!?」

「なっ……なんか急《きゅう》に腹《はら》が……!」

不良《ふりょう》たちはとたんに真《ま》っ青《さお》になって、腹《はら》を押《お》さえだす。

「やべぇ、俺《おれ》トイレ……！」

「もれるウ～～～!!」

先《さき》を争《あらそ》うように屋上《おくじょう》から出《で》ていった不良《ふりょう》たちに、シャオロンはポカンとした。

「……え？　え？」

すると――。

「あ～あ。ダメじゃないですかねぇ。赤《あか》の他人《たにん》からもらったものを、なんの疑《うたが》いももたずに飲《の》み食《く》いしちゃあ」

先《さき》ほどまでへらへら不良《ふりょう》にこびていたチーノの手《て》には、「下剤入《げざいい》り」と書《か》かれたペットボトルが。

不良《ふりょう》たちに配《くば》っていたソーダに、こっそり「おなかがゆるくなる薬《くすり》」をまぜていたのだ。

「チーノ……おまえ……。詐欺師《さぎし》みたいなヤツやな……」

「え？」

シャオロンの言葉《ことば》に、チーノはメガネを押《お》しあげる。

「ようやく気《き》づきました？」

そう言《い》って笑《わら》うメガネの奥《おく》の瞳《ひとみ》は、確《たし》かに悪《あく》魔《ま》の目《め》をしていた。

〝ええヤツっぽい〟なんて、とんでもない。

（……やっぱり、我々《われわれ》師団《バトラ》、ロクな悪魔《ヤツ》おらんわ……）

「ふ～、ただいま～」

すべてが終《お》わったところに、ケツが復活《ふっかつ》した大先生《だいせんせい》がもどってきた。

「あ～ノドかわいた。これもらうで、チーノ」

大先生《だいせんせい》が手《て》に取《と》ったのは、チーノの〝下剤入《げざいい》

りソーダ〟。

「あっ、アカン大先生《だいせんせい》、それは……!!」

ギュルルルルル……!

「あだだだだだだだ!?　チーノォ!?　このジュース腐《くさ》っとるぞ!?」

「ええ〜〜〜!?　本当《ほんとう》ですか!?　ごめんなさい気《き》づかなくて〜〜〜〜〜!!」

涙《なみだ》を浮《う》かべて笑《わら》いながら、白々《しらじら》しく謝《あやま》るチーノを見《み》て、シャオロンは思《おも》ったのだ。

……こいつの言《い》うことは、なにひとつ信用《しんよう》せんとこ。

第12話

夢《ゆめ》の中《なか》で会《あ》いましょう

悪魔学校《バビルス》の片隅《かたすみ》にある我々師団室《われわれバトラしつ》には、時折《ときおり》、相談者《そうだんしゃ》がおとずれる――。

「不眠症《ふみんしょう》？」

疲《つか》れきった様子《ようす》の相談者《そうだんしゃ》の言葉《ことば》を、ショッピはくりかえした。

一本《いっぽん》ヅノの生徒《せいと》はうなずく。

「そうなんです。横《よこ》になっても全然《ぜんぜん》寝《ね》つけなくて。助《たす》けてください、我々師団《われわれバトラ》さん……」

「なるほど、わかりました……。僕《ぼく》におまかせください」

もっともらしくうなずいて、ショッピはス魔《マ》ホを手《て》に取《と》る。

（正直《しょうじき》めんどいから1年《ねん》どもに押《お》しつけたろ）

こっちが、ショッピの本音《ほんね》である。

しかし……シャオロンも大先生《だいせんせい》もトントンも、だれも出《で》ない。

「ん？　出《で》えへんな」

……しゃあない。こうなったら、**直接《ちょくせつ》とっつかまえに行《い》こう。**

「シャオロンたち？　今《いま》いないですよー。掃除当番《そうじとうばん》で」

教室《きょうしつ》の入《い》り口《ぐち》で、1年D組《ねんディーぐみ》の生徒《せいと》に声《こえ》をかければ、運悪《うんわる》く彼《かれ》らは留守《るす》だった。

「そうですか……」

（タイミングの悪《わる》い……）

ショッピはがっかりした。

「**俺《おれ》でよければいるぜ‼**」

ぴょーんとゾムが飛《と》んでくる。

「いえ、ゾムさんはけっこうです」

きっぱりと断《ことわ》る。

（こいつには絶対《ぜったい》まかせられん。永遠《えいえん》の眠《ねむ》りにする気《き》か……）

予想外《よそうがい》に、アテが外《はず》れた。

(しかしめんどうやな……だれでもいいから仕事押《しごとお》しつけたい……)

ショッピは、極度《きょくど》のめんどくさがりなのだ。

「では、つかぬことをうかがいますが……。1年生《ねんせい》でどなたか、睡眠《すいみん》にくわしい悪魔《あくま》をご存《ぞん》じないですか?」

「え? 睡眠《すいみん》……?」

突拍子《とっぴょうし》もない質問《しつもん》に、D《ディー》クラスの生徒《せいと》は首《くび》をひねる。

「あ。そういえば……いっつも寝《ね》てるヤツいなかったっけ」

「あー……! なんだっけ。問題児《アブノーマル》クラスの?」

「そうそう! 名前《なまえ》は……たしか――**アガレス・ピケロ!!**」


問題児《アブノーマル》クラス、アガレス・ピケロ。

いつも、眠《ねむ》そうな顔《かお》のアイマスクをつけ、ふわふわの**雲《くも》形魔獣《がたまじゅう》・ししょー**に乗《の》って移動《いどう》している……らしい。

ショッピが問題児《アブノーマル》クラスの入口《いりぐち》から中《なか》をのぞくと、たしかにそれらしい生徒《せいと》がいる。

（……なんか、すっっっごい視線《しせん》を感《かん》じる……。気味《きみ》が悪《わる》いな……）

当《とう》のアガレスは、じっ……と眺《なが》めるショッピの視線《しせん》に、**背筋《せすじ》がぞわぞわ**していた。

（なるほど……彼《かれ》がアガレスくん。よし……彼《かれ》にお願《しつけ》いしよう！　どんなあおりを入《い》れたらノッてくるか……）

ふだん、我々師団《われわれバトラ》の後輩《こうはい》たちにしているように、得意《とくい》の〝あおり〟をけしかけようとしたとき……。

アガレスの乗《の》っている雲形魔獣《くもがたまじゅう》に、視線《しせん》が吸《す》いよせられた。

ふかふかで、あたたかそうで……あれに寝転《ねころ》んだら、どれほど気持《きも》ちいいだろう。

想像《そうぞう》したら、いてもたってもいられない。ショッピはズカズカとアガレスに近《ちか》づいた。

「……失礼《しつれい》。ちょっと、こちらの寝具《しんぐ》を調《しら》べさせてもらっても？」

「**わ────ッ!?**」

突然《とつぜん》あらわれたショッピに、アガレスはおどろきのあまり、ししょーからころげ落《お》ちる。

「**なな、なんだおまえ!!　だれ!?**」

「へえ……なるほど……。これはいいものですね……う〜ん」

ししょーの触《さわ》り心地《ごこち》を確《たし》かめているショッピに、アガレスはアイマスクを押《お》しあげた。

とぼけたアイマスクの下《した》から、キラキラした顔《かお》があらわれる。アガレスは超《ちょう》イケメンなのだ。

「ちょっと、なに……って、**寝《ね》るな〜〜〜〜っ!!**」

勝手《かって》にししょーに寝転《ねころ》がっているショッピを、アガレスはあわててふり落《お》とす。

「それ、2、3週間《しゅうかん》お借《か》りできませんか？」

「ダメに決《き》まってるでしょ……!!　ししょーはレンタルベッドじゃないよ!!」

あやしい先輩《せんぱい》に絡《から》まれたアガレスは、「ったくもう……めんどくさ……」と無視《むし》を決《き》めこむことにする。

「なにもタダでと言《い》ってるわけじゃありませんよ」

しかし、ここで引《ひ》きさがるショッピではない。

睡眠《すいみん》に関《かん》しては、ショッピにもゆずれないものがある。

「この学園内《がくえんない》のとっておきの寝床情報《ねどこじょうほう》を……提供《ていきょう》すると言《い》ったらどうです？」

ピタリと、アガレスが動《うご》きを止《と》めた。

「**……とっておきの、寝床《ねどこ》……？**」

「はい、ついてきてください」

見事《みごと》に食《く》いついたアガレスを連《つ》れ、ショッピはとある場所《ばしょ》へむかった――。


「ここです」

ショッピが案内《あんない》したのは――我々師団《われわれバトラ》の師団室《バトラしつ》。

「**きッッたな!!　いつもこんなとこで寝《ね》てんの……!?**」

ゴミだらけの師団室《バトラしつ》に、アガレスは絶句《ぜっく》。

「いや、案外《あんがい》ここ日当《ひあ》たりがいいんですよ。特《とく》にこの団長《だんちょう》の席《せき》あたりが……」

「だまされた……帰《かえ》る……！」

アガレスはさっさと踵《きびす》を返《かえ》し、教室《きょうしつ》へ戻《もど》ろうとするが……。

「……それに、僕《ぼく》にはこの特別《とくべつ》な寝具《しんぐ》がありますから」

ショッピが取《と》りだした寝袋《ねぶくろ》を見《み》て、アガレスの足《あし》が止《と》まった。

（ふかふか寝袋《ねぶくろ》……!!）

ショッピが愛用《あいよう》しているふわふわの寝袋《ねぶくろ》に、アガレスの目《め》が釘《くぎ》づけになる。

（このボリューム感《かん》……！　フォルムもいいけど、なにより、寝袋《ねぶくろ》で寝《ね》るという行為《こうい》によって、まるでキャンプのような非日常感《ひにちじょうかん》を演出《えんしゅつ》できる……！　くっ!!　寝《ね》てみたい……!!）

一瞬《いっしゅん》で、アガレスは寝袋《ねぶくろ》に心《こころ》をうばわれた。

アガレスもショッピと同《おな》じく、睡眠《すいみん》には人一倍《ひといちばい》こだわりがあるのだ。

このふたり、どうやら似《に》た者同士《ものどうし》らしい。

「どうですか？　ここはひとつ……等価交換《とうかこうかん》といいこうじゃありませんか……」

そう言《い》われてしまっては、アガレスも後《あと》には引《ひ》けない。

そうしてふたりは、おたがいのお気《き》に入《い》りの寝具《しんぐ》を交換《こうかん》することにしたのだ——。


「ふあ……これはこれで……悪《わる》くない……」

アガレスは、ショッピの寝袋《ねぶくろ》でうつらうつら。

「いや、このしょーとやらも、なかなかどうして……」

ふわふわのしょーの上《うえ》で、ショッピもすでに半分夢《はんぶんゆめ》の中《なか》だ。

「だけど……やっぱりこんなホコリっぽいところで寝《ね》らんないよ……!!　いい寝具《しんぐ》がもったいない！」

ガバッと起《お》きあがったアガレスは、ショッピにむかって叫《さけ》ぶ。

「よい睡眠《すいみん》は、よい環境《かんきょう》から!!」

「ここは……？」

アガレスに連《つ》れられてやってきたのは、悪魔学校《バビルス》の塔《とう》の一角《いっかく》にある、小《ちい》さな屋上《おくじょう》だった。

「は〜、快適《かいてき》……。ピンクのふわふわも近《ちか》くで見《み》られる、絶好《ぜっこう》の昼寝《ひるね》スポットだよ」

目《め》の前《まえ》に桜《さくら》が広《ひろ》がる、見晴《みは》らしのいい場所《ばしょ》だ。

「あっちの屋上《おくじょう》はさわがしくて寝《ね》られたもんじゃないけど。こっちは、なかなかオツなもんでしょ」

いまや、お花見会場《はなみかいじょう》となっている屋上《おくじょう》とはちがい、この場所《ばしょ》はかなり穴場《あなば》のようだ。

「なるほど、いいですね。……しかし、もう少《すこ》し落《お》ちつける場所《ばしょ》でないと……」

屋外《おくがい》となると、なんとなく落《お》ちつかない。

すると、風《かぜ》に乗《の》って、やわらかな甘《あま》い香《かお》りがただよってきた。

「この匂《にお》いは――アロ魔《ま》……!!」

「それも、リラックス効果《こうか》のあるやつね」

アガレスの手《て》には、落《お》ちつく香《かお》りを放《はな》つアロ魔《ま》ポットがにぎられていた。

「これがあれば、緊張感《きんちょうかん》もなくぐっすりできるよ。自分の寝床《マイエリア》は、自分《じぶん》で整《ととの》えなくちゃ」

フッとほほえむアガレス。

「……いいですね。となると、ほしくなるのはやはり……」

今度《こんど》は、ショッピが懐《ふところ》からふたつのカップを取《と》りだした。

「**ホットミルク……!!**」

まだ熱々《あつあつ》のホットミルクだ。まろやかな甘《あま》さが、自然《しぜん》と眠《ねむ》りを誘《さそ》うことまちがいなし！

「冷《ひ》えや空腹《くうふく》は、睡眠《すいみん》のさまたげになりますからね。ここに来《く》るまでに買《か》っておいたんですよ」

「おまえ……わかってるじゃん……！」

ショッピの存在《そんざい》は、アガレスの中《なか》で大《おお》きく変化《へんか》していた。

俺《おれ》は……おまえのこと、名前《なまえ》も知《し》らないけどさ……。

「寝《ね》るのが好《す》き」って共通点《きょうつうてん》だけでつながる関係《かんけい》も、悪《わる》くないかもね……！

「睡眠《すいみん》」からはじまる友情《ゆうじょう》。クラスも学年《がくねん》もちがえど、好《す》きなものが同《おな》じなら通《つう》じあえる。

ふたりは、それぞれの大好《だいす》きな寝具《ベッド》に入《はい》り、目《め》を閉《と》じた。

「では、同志《どうし》よ。——**今度《こんど》は、夢《ゆめ》の中《なか》で会《あ》いましょう**」

「もー、アガレス殿《どの》！　こんな時間《じかん》までどこ行《い》ってたでござる！」

夕暮《ゆうぐ》れ時《どき》。

アガレスは、クラスメイトの世話焼《せわや》き侍《ざむらい》、**ガープ・ゴエ**

モンとならんで下校《げこう》していた。

「なんか、先輩《せんぱい》に誘《さそ》われて……寝《ね》てた……」

「先輩《せんぱい》？　めずらしい……なんの人《ひと》でござるか？」

「えーと……」

そういえば、だれなんだろ、あいつ。

結局名前《けっきょくなまえ》も聞《き》きそびれ、〝謎《なぞ》の先輩《せんぱい》〟のままだ。

「睡眠師団《すいみんバトラ》の人《ひと》……？」

「へええ！　そんな師団《バトラ》があるでござるか！　アガレス殿《どの》が好《す》きそうでござるな！」

「どこ行《い》ってたんや、ショッピ～！　おまえがもどって来《こ》ぉへんから、俺《おれ》が依頼片《いらいかた》づけといたぞ！」
ショッピが師団室《バトラしつ》にもどると、チーノがブーブー文句《もんく》を言《い》った。

すっかり相談《そうだん》のことを忘《わす》れていたショッピだが、当《とう》の相談者《そうだんしゃ》は師団室《バトラしつ》の床《ゆか》でぐっすり眠《ねむ》っている。

するとチーノが、「睡眠薬入《すいみんやくい》り」のジュースをちらつかせ、ニヤリと笑《わら》う。

一体《いったい》、何種類《なんしゅるい》のあやしい飲《の》み物《もの》を持《も》っているのか……。

「ちょっと盛《も》っといたから、**3日《か》ぐらい起《お》きへんで！**」

ショッピは、親指《おやゆび》をグッと立《た》てて一言《ひとこと》。

「よし。解決《かいけつ》やな」

我々師団《われわれバトラ》、本日《ほんじつ》の依頼《いらい》も、一件落着《いっけんらくちゃく》――！（？）

エピローグ

大《だい》先《せん》生《せい》の嘆《なげ》き

やあ、そこのステキなお嬢《じょう》さん。

僕《ぼく》の名前《なまえ》は、レイラー・ウツ。

大先生《だいせんせい》なんてあだ名《な》で呼《よ》ばれている、悪魔学校《バビルス》イチの色男《プレイボーイ》だ。

僕《ぼく》にかかれば、どんな女悪魔《おんなあくま》も一瞬《いっしゅん》でメロメロさ！

おっと……言《い》っているそばから、前方《ぜんぽう》にかわいい女子《じょし》4人組《にんぐみ》だ。

僕《ぼく》の華麗《かれい》なモテトークを見《み》せてやるか……。

「美《うつく》しいお嬢《じょう》さんたち。僕《ぼく》といっしょにお茶《ちゃ》でも……」

ほら、こんなふうに口説《くど》けばイチコロ……。

「え～、ちょっと……」

「位階《ランク》【1《アレフ》】の男《おとこ》はノーサンキューだわ」

なっ……。

なにィ――――!?

「ねえ、聞《き》いた？　アスモデウス様《さま》って、位階《ランク》【4《ダレス》】だって!!」

「ステキ〜〜!!」

くっ……くそおおおお!!

「どいつもこいつも位階《ランク》、位階《ランク》って……！　男《おとこ》の価値《かち》は位階《ランク》だけなんか!?
もっとあるだろ!?　女《おんな》の子《こ》にもらったラブレターの数《かず》とか!!」

……ちくしょう！　僕《ぼく》だって、僕《ぼく》だって……ッ！

そっちがその気《き》なら……僕《ぼく》にも考《かんが》えがあるぞ――!!

「シャオロン！　トントン！　ゾム!!　位階《ランク》を上《あ》げる方法《ほうほう》、教《おし》えてくれ!!」

バサッと羽《はね》をひろげ、大先生《だいせんせい》は、それはそれは美《うつく》しい土下座《どげざ》をしてみせた。

悪魔《あくま》が、羽《はね》の付《つ》け根《ね》を捧《ささ》げて頭《あたま》を下《さ》げるポーズは、最大《さいだい》の敬服《けいふく》と謝罪《しゃざい》を表《あらわ》すのだ。

「位階《ランク》を上《あ》げたい……？」

突然《とつぜん》の相談《そうだん》に、シャオロンたちはけげんな顔《かお》をする。

「……ホントは、こんなことおまえらに頼《たの》むのはめっちゃ癪《しゃく》やねんけど……」

心底屈辱《しんそこくつじょく》だという顔《かお》で、大先生《だいせんせい》は言《い》う。

「あの**不人気者《ふにんきもの》のシャオロン**が、飛行試験《ひこうレース》で位階《ランク》上《あ》がってから、チヤホヤされとるのを見《み》てハッとしたんや」

「**しばくぞ**」シャオロンがにらむ。

「僕《ぼく》に今一番必要《いまいちばんひつよう》なのは『位階《ランク》』だと！　なぜなら――僕《ぼく》の野望《やぼう》は、この学園《がくえん》の……いや、魔界中《まかいじゅう》の美女《びじょ》をはべらせて、享楽的《きょうらくてき》に生《い》きることやねん!!」

言《い》っていることが最低《さいてい》すぎる。

「だから頼《たの》む、おまえら……。次《つぎ》の昇級《しょうきゅう》にむけて、協力《きょうりょく》してくれ……。このままじゃ、僕《ぼく》のガールフレンドが0人《にん》になってしまう……ッ!!」

涙《なみだ》ながらに訴《うった》える大先生《だいせんせい》に、3人《にん》は。

「いや、それは自業自得《じごうじとく》やろ……」冷《つめ》たい視線《しせん》のトントン。

「たまにはフリーもええんちゃうか」鼻《はな》をほじるシャオロン。

「そんなことより遊《あそ》びに行《い》こうぜ!!」興味《きょうみ》なしのゾム。

本日《ほんじつ》も安定《あんてい》して**無慈悲**《むじひ》である。

「**おまえらァ!!　悪魔《あくま》が羽《はね》の付《つ》け根《ね》捧《さ》げとんのやぞ……!!**」

大先生《だいせんせい》がさわぎだすが、シャオロンとゾムは知《し》らんぷり。

見《み》かねたトントンが、助《たす》け舟《ぶね》を出《だ》す。

「まあ、とはいえ……。どのみち、もうすぐ次《つぎ》の『位階昇級対象授業《ランクしょうきゅうたいしょうじゅぎょう》』がはじまるころやしな。俺《おれ》らも、対策立《たいさくた》てといたほうがええやろ」

トントンは、ふう、とため息《いき》をついて。

「ついでに、大先生《だいせんせい》の面倒《めんどう》も見《み》たったるわ。かわりに飯《めし》おごれよ……」

親分《おやぶん》のような顔《かお》つきで、グッと親指《おやゆび》を立《た》てた。

「トンちゃん……♡　一生《いっしょう》ついていく……♡」


……こうして。

レイラー・ウツの位階昇級《ランクしょうきゅう》チャレンジがはじまった。

次《つぎ》の位階昇級試験《ランクしょうきゅうしけん》——それは、〝処刑玉砲《しょけいぎょくほう》〟。

かつて勃発《ぼっぱつ》した悪魔同士《あくまどうし》の領地争《りょうちあらそ》いを元《もと》とした、「殺試合《ころしあい》」。

——を、安全面《あんぜんめん》や効率面《こうりつめん》に配慮《はいりょ》し、だれでも気軽《きがる》に楽《たの》しめるよう簡略化《かんりゃくか》したスポーツだ。

人間界《にんげんかい》のみんなにも、わかりやすく言《い》いかえよう。

要《よう》するに、「**ドッジボール**」である!!

「……おーし、さっそく練習《れんしゅう》しようぜ!」

昇級《しょうきゅう》の授業《じゅぎょう》と聞《き》いて、同《おな》じく気合《きあ》いの入《はい》ったシャオロン。

「おー!」

大先生《だいせんせい》も、力強《ちからづよ》くこぶしをつきだした。

「今《いま》に見《み》てろ……。僕《ぼく》をバカにしたやつらのこと、**ギッタンギッタン**にしてやるからな……！」

次回《じかい》——位階昇級《ランクしょうきゅう》を目指《めざ》し、レイラー・ウッの挑戦《ちょうせん》がはじまる。

どうなる、処刑玉砲《しょけいぎょくほう》——!!

原作・挿絵・監修／津田沼篤（つだぬまあつし）
2020年、『魔界の主役は我々だ！』を「週刊少年チャンピオン」（秋田書店）にて連載開始。過去の読切には「ヤングエース」（KADOKAWA）にて『スイヘーリーベ、ボクノフネ』『落第エクストラマン』、「ジャンプ＋」（集英社）にて『アボカドちゃんの観察日記』『アンドロイドも夢をみる』がある。

カバー絵／SAKAE ＆するば（さかえあんどするば）
イラストレーター。漫画や絵本、キャラクターデザインの他、「〇〇の主役は我々だ！」のグッズや動画用イラストも手掛ける。現在『ハチは星ミツ屋さん』を「おともだち」（講談社）にて連載中。

文／吉岡みつる（よしおかみつる）
静岡県出身。主な著書に『天才謎解きバトラーズQ』、ノベライズでは『小説　ブルーロック』『はたらく細菌』（講談社）、『小説 魔入りました！入間くん』（ポプラ社）がある。

監修／西 修（にしおさむ）
愛知県豊橋市出身。2011年に『少年K』が漫画賞を受賞し、「ジャンプSQ.19 Autumn」（集英社）にて掲載デビュー。2014年〜2015年、『ホテル ヘルヘイム』を「ジャンプSQ」で連載。2017年には、『魔入りました！入間くん』を「週刊少年チャンピオン」（秋田書店）で連載開始。現在39巻まで続く、大人気シリーズとなっている。2024年、『魔男のイチ』を「週刊少年ジャンプ」（集英社）にて連載開始、原作を担当している。

監修／〇〇の主役は我々だ！（まるまるのしゅやくはわれわれだ！）
ゲーム実況を中心に、TRPGや科学をテーマにした実写動画、政治や経済を解説する動画を提供する大人数グループ。「コミックアルナ」（KADOKAWA）にて『異世界の主役は我々だ！』『エンプレスエイジ 〜闇社会の主役は我々だ！』『ヘルドクターくられの 続 科学はすべてを解決する!!』、「週刊少年チャンピオン」（秋田書店）にて『魔界の主役は我々だ！』、「ヤングエースUP」（KADOKAWA）にて『我演義 〜乱世の主役は我々だ！〜』を連載中。

本書は、少年チャンピオン・コミックス『魔界の主役は我々だ！』（秋田書店）第1巻（第1話）〜第2巻（第13話）をもとに、ノベライズしたものです。

ソーダ、一杯どうですか？
POPLAR KIMINOVEL

ポプラキミノベル（つ-02-01）

小説《しょうせつ》 魔界《まかい》の主役《しゅやく》は我々《われわれ》だ！
①悪魔学校《あくまがっこう》のシャオロン

2024年10月 第1刷

原作・挿絵 津田沼篤
カバー絵 SAKAE &するば
文 吉岡みつる
監修 津田沼篤・西 修・〇〇の主役は我々だ！
発行者 加藤裕樹
編 集 磯部このみ
発行所 株式会社ポプラ社
〒141-8210 東京都品川区西五反田3-5-8
JR目黒MARCビル12階
ホームページ www.kiminovel.jp
印刷・製本 中央精版印刷株式会社
ブックデザイン 千葉優花子
ロゴデザイン 4グル8,Inc. 千葉真由子
フォーマットデザイン next door design
編集協力 秋田書店

この本は、主な本文書体に、ユニバーサルデザインフォント（フォントワークスUD明朝）を使用しています。

ISBN978-4-591-18340-3 N.D.C.913 218p 18cm

P8053028

©西修（秋田書店）2017
累《るい》計《けい》25万《まん》部《ぶ》突《とっ》破《ぱ》！
あの大《だい》人《にん》気《き》コミックスが
小説《しょうせつ》になった！
西《にし》修《おさむ》／原作・絵
針《はり》とら・吉岡《よしおか》みつる／文
小説《しょうせつ》
魔入《まい》りました！入間《いるま》くん
MAIRIMASHITA! IRUMA-KUN
悪魔《あくま》の孫《まご》になってしまったお人好《ひとよ》し少年《しょうねん》・入間《いるま》くんの
楽《たの》しくてシゲキ的《てき》な悪魔学校《バビルス》ライフ、はじまるよ～！

火炎系魔術《かえんけいまじゅつ》を得意《とくい》とする、入試首席《にゅうししゅせき》のエリート悪魔。入間《いるま》に忠誠《ちゅうせい》を誓っている。

元気《げんき》で明《あか》るい女子悪《じょしあく》魔《ま》。まったく落《お》ち着《つ》きがなく騒《さわ》がしいため、周囲《しゅうい》から変人《へんじん》・珍獣《ちんじゅう》あつかいされている。

超《ちょう》お人好《ひとよ》しで心優《こころやさ》しい少年《しょうねん》。人間《にんげん》の正体《しょうたい》を隠《かく》しながら、悪魔学校《あくまがっこう》バビルスに通《かよ》うけれど……。

どの巻《かん》も悪魔的《あくまてき》におもしろい!!!!!

❶ 悪魔《あくま》のお友達《ともだち》

❷ 入間《いるま》の決意《けつい》

❸ 師団披露《バトラパーティ》

❹ アクドルくろむちゃんとアメリの決断《けつだん》

❺ 問題児《アブノーマル》でいこうぜ

❻ ウォルターパーク

❼ 悪魔学校《バビルス》からの特別指令《とくべつしれい》

❽ 収穫祭《しゅうかくさい》、スタート!

❾ 若《わか》き魔王《まおう》の冠《かんむり》

❿ 13人目《にんめ》の問題児《アブノーマル》

ポプラ
キミノベル
どうにかしなくちゃ!
時計の数字ってもしかして、
夢《ゆめ》で見た大《だい》災《さい》害《がい》の
発生日時!?
ミライを変《か》える、
ふたりのひみつのミッション、
はじまります!?
初恋タイムリミット
作/やまもとふみ
絵/那流《なる》

読者のみなさまへ

本を読んでいる間、しばらくほかのことを忘《わす》れて、気分転換《てんかん》ができたり、静かな時間をすごせたなら、それだけで素敵《すてき》なことです。笑ったりハラハラしたり、感動したり、物語を読み進めながら心が動く瞬間《しゅんかん》があったなら、それはみなさんが思っている以上に、ほかには代《か》え難《がた》い、最高の経験《けいけん》だと思います。

あなたは、文章から、あなただけの想像《そうぞう》世界を思い描《えが》くことができたということだからです。

「ポプラキミノベル」は、新型コロナウイルスが世界中に広がり、皆《みな》が今までに経験《けいけん》したことのない危険《きけん》にさらされ、不安な状況《じょうきょう》の最中に創刊《そうかん》しました。その中にいて、私《わたし》たちは、このような時に本当に大切なのは、目の前にいない人のことを想像《そうぞう》できる力、経験《けいけん》したことのないことを思《おも》い描《えが》ける力ではないかと、強く感じています。

本を読むことは、自然にその力を育ててくれます。そして、その力は必ず将来《しょうらい》みなさんをおたがいに助け、心をつなげあい、より良い社会をつくりだす源《みなもと》となるでしょう。いろいろなキミのために、という意味の「キミノベル」には、キミたちの未来のためにという想いも込《こ》めています。

――若者《わかもの》が本を読まない国に未来はないと言います。

キミノベルの前身、二〇〇五年に創刊《そうかん》したポプラポケット文庫の巻末《かんまつ》に掲載《けいさい》されている言葉を、改めてここにも記し、みなさんが心から「読みたい！」と思える魅力的《みりょくてき》な本を刊行《かんこう》していくことをお約束したいと思います。

二〇二一年三月

ポプラキミノベル編集部《へんしゅうぶ》